KB020697

사람이
사람을
사랑한다는 것은

사람이 사람을 사랑한다는 것은

초판 인쇄   2024년 9월 10일
초판 발행   2024년 9월 15일

지은이 권현택
펴낸이 이찬규
펴낸곳 선학사
등록번호 제10-1519호
전화 02-704-7840 | 팩스 02-704-7848
이메일 sunhaksa@korea.com
홈페이지 www.북코리아.kr
주소 [13209] 경기도 성남시 중원구 사기막골로 45번길 14,
      우림 2차 A동 1007호

ISBN 978-89-8072-271-6(03810)
값 13,500원

권현택 시집

사람이
사람을
사랑한다는 것은

선학시선

3

선학사

〈자서〉

　황혼 무렵에 들려오는 은은한 소리, 바람에 흔들리는 삶의 그림자, 보석처럼 반짝거리는 도시의 작은 불빛들, 잃어버렸던 지난날, 잠시 멈추기만 하면 자기 자신에게 다시 돌아가게 하는 삶의 단면을 발견할 수 있기에…

　우리의 생활 감각 사이에서 찾은 삶의 조각들이며 그림자라 생각됩니다.

　영혼의 텃밭에서 글 하나가 꽃처럼 피어날 때 한 편의 아름다운 시가 탄생되는 경이로움.

　그러므로 시집은 불꽃같은 청춘, 일상이 꿈처럼 잠재되어 있는 메마른 땅에 단비가 내려 가슴을 적시는 사랑의 향기라 표현합니다.

　해와 달, 비, 바람, 안개, 눈, 봄, 여름, 가을, 겨울, 산과 들 총 일컬어 온갖 사물을 벗 삼아 한 편의 시가 작품으로 탄생되어 우리에게 감동으로 다가오게 되죠. 무슨 말이 필요하겠어요.

　곧 진리의 아름다움이 삶의 근원이자 뿌리면, 시는 삶에 있어 가장 가까운 내 영혼의 친구이자 빛이라는 걸…

　시를 알고 인생의 삶이 소중함을 알았기에 내 한평생의 숨결과 미소로 시와 함께 살아갈 것을 우주공간 하늘아래 새겨 봅니다. 시가 있어 행복하다고…

차례

가을 단풍의 삶

가을 찬바람 싸늘하게 밀려오고
나뭇잎 새벽 찬이슬에

부들 부들 추위 못 이겨
젖 먹던 힘까지
두 손 가지에 매달려
오색으로 멍들어가는데

가을을 즐기는 상추객들
희희낙락 내 몸을 사진첩에 담고
지친 몸 멍들고 멍들어
짙은 가을 삶 이야기도 모른 채
단풍잎의 고통을 즐기는 상추객들

손 내밀며 따뜻했던 하늘마저
멀리 멀리 높아지니
바람에 못 이겨 떨어지는 단풍잎 하나
상념에 지친 내 머리 위에
조용히 내려앉네

젊은 날의 청춘의 흑모 세월에 못 이겨
하얀 백모만이 바람 따라 흩날리고

풀벌레 우는소리도 들을 수가 없구나

떨어지는 낙엽
바람에 내동댕이 치고
바람이 부는대로 흩날려
내 모습 흔적을 감추고

흙이 될 날 오색이 섞이니 흑이 되고
흑은 어둠이요
흙이 되어 사라지나니

가을 단풍의 삶도 석양 노을 따라
이렇게 저물어가는구나

가을비

비가 내려요

좀 침울하고
몸도 마음도 피곤한 듯
좀 스산한
비가 내립니다

비의 등을 타고
낙엽도 가을도 깊이
깊은 곳으로
흘러내립니다

단풍은 채 물들지 못했고
그리운 이와
가을 소풍도
다녀오지 못했는데

아직 다 익지 못했고
아직 다 펼치지 못했고
아직 다 말하지 못했는데
비부터 내리네요

외로운 비부터 말입니다

가을을 닮았을까

어제 밤부터 찾아온 가을의 손님
풀벌레들의 합창이
가슴 깊이 스며들어
참 예쁘게도 노래하네요

가을을 맞이한
사람들의 분주한 자태도
쉬지 않고 돌고 도는
물레방아 인생처럼

그 노래에 흠뻑 젖어
차분히 내 마음 기대보네요

슬픈 노래
행복과 추억 낭만의 노래
무슨 소식을 전하려 하는 것인지
궁금함 속에

그녀는
이 세상에 가을을 닮고
태어났는지도 모르죠

뜨거운 태양과는 조금 다르고
차가운 눈보라와는 많이 다르고
바람의 노래를 아는
코스모스 향기처럼 말입니다

그녀 소식이 몹시 궁금하네요
그녀에게 전할 소식이 있다면
가을 노래 편에 편지를 보내야겠어요
한없이 가을로 향해 가고 있는
내 마음도 담아서

이젠
가을로 떠날 준비를 해야겠어요
가을을 닮은 그녀와 손을 잡고…

가을의 손짓

구름도 바람도
높고 푸른 하늘 아래
그리운 마음 물고
행복으로 다가온다

땡볕의 진노란 저 불빛
타오르는 용광로 햇살도
색색이 묻어나는 저마다의
그리움으로

굽이굽이 돌고 돌아
모든 신의 바램처럼
티없이 맑은 사랑이련만
이 밤도
스스로의 몸부림인가

풀벌레 울부짖는
가슴속 젖어오는 가을사랑
익어가는 계절 손짓에
아름다운 단풍 위에
편지 써 내려갈 준비를 하자

거스름돈

인생을 한 바퀴 돌면
십이간지 중 한 마리 동물만이
나에게 인생의 물음을 던진다
거스름돈 받았냐고

세상 너무도 한결같이 살아도
그 동물은 내게 묻는다
거스름돈은 받았냐고

한걸음 한걸음
저무는 석양 앞에 선
나에게 또 묻는다
거스름돈 받았냐고

그러나 난 나지막히
그 동물에게 답한다
인생엔 거스름돈이 없다고

그대가 있어

바람의 언어에도
한낮 지나지 않은 햇살에도

때로는
사랑의 흔적이 형상화되지 못한 채
이 마음
허공에 흩뿌려집니다

그대 향한 내 마음 너무나 아파
문득 바라본 빈자리
가슴에 통증은 늘 덩그러니 남아

그대여
목 메이도록 불러 봅니다

그대가 있어
나 언제나 벅찬 감동으로
내 뜨거운 연가를 노래하려 합니다

가슴속에 글 하나 점 하나

어찌 그리
눈빛과 마음이 이쁜가요
어떻게 말을 해야
내 가슴에 하트가 당신께
도착할까요

글이나 말로 표현할 수 없는
깊은 내 마음을
당신이 알려주면 안될까요

꽃이라면
보아주고 만져도 줄 수 있을 렌데
마음에 들어와 있어서
꺼내어 볼 수도
만질 수도 없구려

어둠이 찾아와도 꿈속에서
그대의 모습이 어찌 그리 이쁜지
목마른 사람
샘터 만난 것 같이
삶이 풍요로워지는구려

인생길 여행길에
그림자면 어떻고
자욱한 안갯속의
이슬이면 어떻겠소

나의 가슴속
자그마한 글과 점 하나로
남아있는 당신의 숨소리 들으며
한없이 행복하게 하루 하루 보내는게
바램이고 소망인걸요

기다림

누군가 나를 기다리고
그리워하는 사람이 있다는 건
얼마나 아름다운 일인가

어두운 터널을 지나 아침을 기다리는 태양처럼
밤이 있어 빛나는 별처럼
우리에게 한 줄기 희망과 소망이 있다는 건
얼마나 가슴 벅찬 일인가

밤하늘 별을 세듯
노을빛에 내 속마음 담듯
얼굴 붉히는 당신의 모습도
소녀 같은 감성 어찌할 수 없고

태양을 기다리고 별이 빛을 내듯
살아온 세월도 아름다운 배경이 되어준 것도
소중한 추억이 되듯

여행길 인생길 따라
한 사람이 또 한 사람을 기다리는 것
또한 내 삶의 행복이 아닌가

기타줄 인생

한 겹 두 겹 쌓인 시어 페이지가
누군가가 볼까스레 쑥스러워
감추려 했던 그 시절 지나고

내색이라곤 말 몇 마디로
입술을 연다

그 많은 초침 속에
사연은 고작 6번 줄 육십 줄이라

스크린 속 영화 배우의 작은 몸짓에
희열을 느끼며
소박한 인생의 장수가
그리도 모자라서
새벽을 더듬는다

육십 수의 삼베 주름 어이할꼬
짜고 짜고 엮는 나만의 비밀장

그 육십 줄을 간직하고 싶어서
홀로 새벽을 맞이하는 횟수도
자주 등장하는 기타의 음율도

저 별들만이 알겠지

버릴 수도 없고 지울 수도 없고
꼼꼼히 엮어진
나의 노래 애환의 노래

쌓인 먼지도 아랑곳없이 함께한
작은 골방의 새벽을 맞이하는
집합체였던 것을
육십 줄 되고서야
알게 됨을 어이할꼬

까만 밤 하얀 밤

꿈꾸는 세상
아름다운 별빛 찾아오듯
잠든 밤이 찾아왔다

얼어붙은 세상에도
봄을 기다리듯
하얀 이불 속에 밤이
유혹한다

모두 다 침묵하는 곳으로
찾아가는 길이
멀고도 먼 곳이든
가까운 곳이든

우리가 가야 할 그곳
한 곳만 바라보며
감사할 줄 아는 생각으로

모든 게 하얗게 물든 밤길 따라
아름다운 곳에

하얀 사랑 하나 피어나
잠 못 드는 마음이 웃는다
온 마음으로

꿈속의 회상

꼭꼭 눌러 쓴 손 편지처럼
추억 속 기억은 뚜렷하여
꽃잎처럼 예쁜 비바람에도
일렁이는 보고픔
그리움이 있습니다

자울자울 졸고 있는 별의 시간 속에
지난날의 행복한 미소 속의 날들이
사붓사붓 곁에 다가와

청춘의 노래는 떠났지만
노년의 순백의 소풍길 여행길에
애잔한 이 시간이 왠지 너무너무 좋아
웃음 띤 표정 지어봅니다

꿈이라면 깨고 싶지 않아서
뒤척이다 다시 돌아눕는 밤이
그대를 만나지는 못하여
짧기만 합니다

나날의 기도

한 해가 저물어간다는 것은
걸어온 발자취를 뒤돌아보게 하고
삶의 틈바구니 속에서
좋은 일 나쁜 일 울타리 안에서
웃기도 하고 울기도 하면서
가벼웠다가 무거워지고
아직은 어려운 날들에 연민을
느끼기도 한다

익숙하지 않은 일들에 대한
익숙해지려는 노력들과
기다린다는 것은
언제나 희망 고문 같은 것이기에
휘몰아치는 감정
옷깃 스치듯 바람에 날립니다

결코 가볍지 않은 시간을
묵언 수행하듯 기다리며
이루어질 수 있다는 믿음은
마음 하나로 안 되는 것입니까

추위에 떠는 별 하나
겨울밤은 새벽을 달리고
기도는 또 하나의 소망을 잉태합니다

날 웃게하는 사람

파란 하늘처럼
아름다운 사람이 있습니다
아름다운 미소와
따뜻한 웃음을 한가득 담고
나를 바라보는 눈빛이
애사롭지 않게도
파란 하늘을 닮았습니다

바다같이
넉넉한 사람이 있습니다
아픔도 외로움도 다 품어서 위로해주는
지친 삶에 어깨를 내어주는
그 사람은 바다를 닮았습니다

마음을 편안하게 해주는
음악 같은 사람이 있습니다
나뭇잎이 바람에 부딪히는 소리처럼
조용하고 나지막한 목소리는
심장을 쿵쿵 뛰게 만들고
살아있음을 느끼게 해 줍니다

그 사람이 내 가슴에 있어
웃음 짓게 합니다

나만의 숲

땡볕 더위는
숲 그늘로 들기에 제격이고
추억 속 사진들을
혼자 꺼내보기에도 좋다

반복되는 일상 속에
분주하던 시간들을 생각해 본
사람은 안다

어둠을 밝히는 탁상에 놓인 조명은
고요한 평정심 속에
깃들어 있는 것들을
고요한 밤을 맞아본 사람들에게
환한 미소 지어주고

산소를 배출해 주는
숲과 숲은 자신만의 언어로
주고받는 얘기가 있다는 걸
사람들은 모르고 있다는 것이
아쉬울 뿐이다

볼 수도 들을 수도 없지만

분명 호흡이 있는 생명체들은
어떤 신호를 주고받는다

이런 생각을 하다보면 떨어져 있는
시간이 결국은 더 가까이
다가가는 시간이 되고

마주 봐야 할 얼굴들이 얼마나
고마운 존재들인지
더불어 산다는 것의 따뜻함을 알게 된다

고요한 밤 그늘진 숲속을 생각하며
뒤척이는 새벽 이슬에게
오는 길 엉금엉금 조용한 발걸음 재촉해 본다
고요 속에 편한 밤 방해될까

쉿 살금살금

나뭇잎

따뜻한 바람 불면
나뭇잎이 모여든 숲으로 오라

매일매일 색다른 시샘으로
재잘거리는 산새들 이야기를 들어주고
바람 타고 춤추고 낙하하는
나뭇잎 같은 사랑 하나
나뭇가지에 문패로 걸어두자

나뭇잎길 산책 나온
숲속 요정들과 눈 마주하면
가벼운 인사로 먼저 길 내어주고

행복한 소식만 전해주는
산까치를 만나면
손 흔들어 반가이 인사 나누리

마지막 남은 나뭇잎마저 내려와
한 계절의 연극이 막이 내리면
진한 흙내음 향기 맡으며
낙엽을 밟는 소리 온몸으로 느껴보자

숲길 지나가는 바람이 부른
사랑 노래 들려오면
목석 위에 앉아있는 나뭇잎
나의 숲에서 그대와 나
아름다운 여정을 새겨보자

나에게

연두잎을 틔우는 나무는
마음이 아픈 이들을 위한
경이로운 응원이다

새순이 봄에 나서 자라는 것을 지켜보면
가슴은 아리고 벅차오르다
뜨거운 눈물도 울컥 난다

그는 내 안의 또 다른 나에게 삶을 이야기해 준다
지난 날이라고 애기하는 것이라고
너도 기쁨을 나눌 수 있다고

지난 겨울에 너는 마음이
거울의 다량이 산밭같이 황폐하고 아팠지만
속으로 울음을 꾹꾹 삼키며
여기까지 와 네 앞에 서 있다는 걸

너 오는 그 봄날은 온통
하늘은 청잣빛으로 가없고
햇살은 포근하기가 더 할 수 없어서
쫑긋 귀 기울여야 뛰는 네 심장소리와
숨소리를 듣고

네가 하는 이야기 들을 수 있었고

너를 응원해 넌 할 수 있어라는 힘이
겨우내 어두운 곳에 있음에도
그 씨앗이 한송이 꽃으로 태어났음이

예쁜 봄꽃은 짧게 피어서
내 마음에 슬픔을 더하였지만
4월을 더 아름답게
넌 초록으로 실록으로
나를 일으키는
청계천의 민들레는
또 다른 소녀의
추억을 더듬거릴 때

그때 너처럼 그들에게 말하리
훗날 그대…

낙엽

가끔은 이름 모를 새들이
스쳐 지나가는
구름 한 점을 만나고

나름의 꽃이 만발한
잡초들이 우거진
양지바른 그곳엔
아름드리나무들도 살고 있어

서로서로가
살갑게 의지를 하고
다정스럽기도 한다지만
때로는 시기를 하고
질투까지 하면서도
곰삭은 우정이 깃든
잎사귀들로 피어났는데

샛노랗게 흐른 세월이
그리움으로 질게 젖으면
그토록 아름다웠던 잎사귀들은
긴긴 추억을 간직한 채
산비탈이거나

숲속으로
또는 들녘이거나
강변으로 떨어져서

바람이 불면 부는 대로
이리 뒹굴
저리 뒹굴다가
아직도 떨어지지 않은
잎사귀들을 한 번 바라보고

푸르고 맑은 하늘도
한 번 쳐다보고
차디찬
바람을 껴안고선
마른 자릴 찾아서
푹 쓰러지는가 하였더니

그 하나는
낯선 벌레에
점차 갉아 먹히고
몇몇은
층층이 쌓이고 쌓이더니
슬며시 자연 속으로 묻히어 간다

우리네 삶도 인생도
그러하듯이…

낙조

흰 구름에 실어
소리 없는 바람에 안겨
비탈진 산길
소달구지에 몸을 맡기듯
갸우뚱 갸우뚱

가는 세월에 변화하는
계절의 낙조처럼
영혼도 없이 살다가
계절에 물들어 가듯
저녁노을에
낙수처럼 떨어지나요

모진 세월의 응고를
너는 알까 묻는다
이 내 허전한 심정을

비바람 불고
땡볕에 너마저도 쓸어가면 어쩌나
허전한 맘 어디에 둘까

희망의 태양으로 왔다가 붉게 상기되어

노을 속으로 사라지는 너는
천지 순리 신의 영역이라 하지만

인생도 다 자연 섭리 따라
오고 가는 인생살이
뭘 기대하나 싶고

미물이 뭐라 아우성친다 한들
대세는 기울어
인간 영역 밖이라
어쩔 수 없다 하네

내 발자취

햇살에 곱게 내려 앉은 길을
걸어갑니다

아침 새 소리 즐겨 울리고
새벽을 건너온 많은 이야기들이 햇살에 녹아 있는
가을이 땅에다 낡은 잎을 뿌린 곳에
별들과 이웃한 우리들의 사랑이 있네요

우연히 하늘 보다
낙엽 한 잎마저 아스라이 사라져가는
계절을 덮고 있는 즈음

네 아픈 시와 음악이 들려
사랑함에 기쁘고 아팠던
쉼없이 피어나는 들꽃 같은 그대를
먼 발치에 두고서

다시 햇살이 뉘어지는 길 한 모퉁이에서
널 위하여 나도 뉘어진다

굽이 굽이 굽이진 길
하루 이틀 사흘 약속도 없는 길

되풀이 거닐 때
매번 익숙하지 않은 길처럼
오늘도 나에게
낮 별은 지긋이 바라보며 황홀한 시를 읽는다

바람은 도심을 지나
삶의 터전에서 만났을 때
감사할 무엇들에의 굶주림처럼
내 허기진 가슴을 쓰다듬어

조용히 흐르는 작은 내일의 꿈과
희망의 물줄기를 만들고 보니
어느새 하늘 중천 쯤 떠오른 햇살이 환호를 한다

콘크리트 벽을 지나 모여든
사람들의 꿈과 애환의 노래로
내 삶의 텃밭에서

이것저것 옮겨 심은 텃밭
상추 고추 방울토마토 가지
오이 참외 등등 관객으로 초대하고

향기는 없지만 정성을 다하여
결실이 풍성해지는 그날
행복의 노래 부르리라

짙은 초록빛으로
멋지게 펼쳐주는 예쁜 사랑의 멜로디

그대 이름 하나 가슴에 달고
당신과 내 텃밭에서 함께
빛나는 사랑가를 부르리라

흰 구름도 쉬어가고 바람도 쉬어가는
노랫가락 사랑가에
하늘빛 고운 하늘도 두리둥실

별빛처럼 찬란하게 반짝이는
당신 사랑 그 사랑을 내 텃밭에
그려 놓고

오늘이 오고 가고 노을 지고
어둠이 온다 해도

내 사랑에 들어온 당신 삶이
바람처럼 유수같이 흘러
희미해진다 해도

짓푸른 영혼의 정원 텃밭에서
영혼의 노래 사랑의 노래
부르는 내가 되리니…

내가 구름이라면

내가 그대의 구름이라면
햇빛 쬐는 모래벌에 서 있으면
달려가 그늘이 되어주고

내가 그대의 구름이라면
서럽고 힘든 맘 다 태울때까지
가만히 어깨동무 해주고

내가 그대의 구름이라면
구름 한 점 없는 맑은 날
미소 짓는 마음으로 다가가
토닥 거려 주고
단 하나밖에 없는 그대의
편이 되어주리

내가 그대의 구름이었다면
나는 당신의 빛과 별이 되어
세상에서 가장 편안한 사람으로
살아갈 텐데

지금
어디에 어디에 계신가요?

내 가슴안에 너

별빛 내리는 밤하늘
호수에 비친 달을
꺼낼 수 없듯이

내 마음 속에
너는
그득히 잠겨 있는 듯 하다

모자람으로 부족함으로
상처난 마음의 모서리가 닳아
다시 새 살이 돋고

기어이 굳은살로 박혀서
이미 내가 된 너이고 싶어라

하늘이 되고
별빛이 되고
호수가 되어
달빛처럼 빛나고 있는
그날처럼

내 사랑

내 가슴에
숨겨둔 사랑
설렘은 일렁이고
애간장 탔었지

예쁘게 물든
노을빛 애틋함
매정한
차가운 갈바람

우리 사랑
울타리에 가두어
시샘 향기 울리나
내 사랑을 위한
겨울 이야기
밤새 나누다
물소리 바람소리
지친 몸 달래주네…

너로 인해

아침이 나를 깨우고
해 질 녘 붉은 노을은 수고했어 라고
인사하고

하늘과 땅도 문을 활짝 열고
손짓하며 미소 지을 때
아무런 상관없는 소리조차
어여삐 보이게 하는 말

태양을 맞이하고
너로 인해 별을 보고
너의 눈빛 너의 손길 너의 입술
너로 인해 꽃을 보며
벌과 꽃과 나비를 웃게 하고
사랑하는 법도
함께 숨쉬는 법도 배웠어

봄 나들이 즐거워하는
나물의 명패 이름도 알게 됐고

그리고 나의 자리를 알아보며
그곳에 있을 수 있음이
행복이란 것도
너로 인해 알게 돼서 고마웠어

노년으로 가는 길

떨어진 잎새들
갈 길을 잃고 헤매이다
먼지처럼 바스라진다 해도
정작 나무의 뿌리는
더 단단하게 깊어졌다

여린 싹 피워내서
초록의 정점을 찍고
붉어질대로 붉어진 영화를
누렸으니 한 시절 행복했으리

빛 바랜 꿈 꼭꼭 접어
빈 가지마다 걸어 놓고
스스로 바람이 되어
흔들렸던 날들도 돌아보면
청춘이더라

저 들판 옷 벗은 겨울나무
외롭다 하나
살아 숨 쉬는 흙을 움켜잡고
다시 만날 초록 잎
기약할 수 있으니

노을 진 하늘 아래
붉은 눈시울로
내일을 바라보는 사람에 비할까

생을 붙잡을 수 있는
뿌리는 어디에도 없음에

노년의 사랑

님의 해맑은 미소는
산새의 바람이었고

님의 고운 말솜씨는
꾀꼬리 고운 노랫소리였다

님의 걷는 모습은
산속의 하늘 보는 소나무였고

님의 몸동작 맵시는
소나무와 같은 작품이었다

님은 서슴없이 나의 창문을
두드리며 다가왔고

나는 창문을 두드리는
님의 모습에 홀딱 반해
그 안에 머물러 버렸다

자연의 품에서

눈물은 행복

눈물은 행복을 닮았어요
모진 테두리 없이 따스하고
금방 날라가지 않아요

색이 없어서 다른 감정에 섞이지 않고
향기가 없어서 선뜻 취하지 않고
위로 보이지도 않고
아래로만 떨어져 겸손해요

바라보면 나를 그 속에 가둬
반성하게 하고
닦을수록 내 안에 스며들어요

소리가 없어서 오롯하고
차갑지 않아서 따스하고

강요하지 않아도
진심에서 우러나와요

행복은 눈물을 닮았어요
바람에도 날라가지 않아요

가끔 꾹 참으면 누군가에게
의지하듯 세상 살아갈 힘이 돼요

사람마다 처지는 달라도
그 삶을 눈물로
결정을 짓지 못하니까요

당신의 겨울이 따스하기를
기도하는 마음으로…

눈을 뜨면 아름다운 삶

눈을 뜨면
행복하고 아름답다
눈앞에 펼쳐진 자연의 배려는
어찌 고맙지 않겠는가

계절마다 다가오는
곱고 고운 색상들의 잔치는
개인마다 달리 하겠지만
생동감은 똑같지 않다 한다

오늘따라
내게 보이는
짙푸른 계절은 황홀하기만 하다
매일 보이는 모습이지만
내 가슴이 따뜻하고
웃음꽃이 피는 하루여서 그런가 보다

출근하기가 피곤하고
힘든 하루가 될지 모르겠지만
그 역시 내 마음의 잔치가
아닌가 싶다
밝고 환한 웃음을

배려할 수 있다면

이 또한
자연이 주는 아름다움과
무엇이 다르겠는가
나 자신의 행복함을
상대에게 전해줄 수 있다면
웃음꽃이 활짝 피는 하루가 되겠다 싶다
푸르고 해맑은 모습으로

늦었지만 이제라도

안개 속 드리워진
우리의 사랑 고운 햇빛
찾아오면 말끔히 걷히리라

너와 나 깊은 사랑
솜털같이 잠재우고 부드럽게
차곡차곡 쌓아둔
추억의 여행길

후일 혹 별님 달님
찾아오면 아낌없이
풀어놓고 환희의 노래
이산 저산 메아리 되어

폭우처럼 땀 흘리고
한바탕 열정으로
마음껏 즐기며

못다 한 사랑
감격의 몸부림 하루 하루
소중하고 진지하게 가꾸어
바람에게 나의 씨앗 전하리라

다시 시작

마냥 밀려들기만 하지는 않아
마냥 쓸려나기만 하지도 않아
들어오고 나가고 찼다가 비고

밀려드는 저 파도
쓸려나는 저 물결
마냥 한결같을 수 없으니

너무 안타까워도 말고
너무 기뻐하지도 말고
늘 담담하고 평온하기를

비록 좁고 얕은 항아리라도
이젠 말끔히 비워야겠어
그러다 보면 또 차오르겠지

애처러운 단비

총포의 소리 쾅쾅
태양과 구름
한바탕 전쟁을 치른 후
로미오와 쥴리엣의 사랑처럼
지상에서 못 다 이룬 사랑
작은 새털구름이 되었다가
작은 뭉게구름으로 다시 모여
끝내는 큰 먹구름이 되었다네

천둥과 번개의 혼인 잔치
청룡은 번개로 축포를 쏘고
백호는 으르렁 쾅쾅 천둥으로
포효하듯 축가를 부른다

지축을 뒤흔드는
축포와 축가에 놀란 하늘 새가슴되고
두리둥실 먹구름 한 쌍
대지를 위해
사랑으로 제 한 몸 내던지고 부서지고
한줄기 피땀으로
세찬 소나기가 되어
온 땅에 행복을 뿌린다

온 천지가 사랑으로
흠뻑 젖을 무렵
애처롭던 들꽃도
함빡 웃음꽃 터트리고

고갯마루 걸러앉은 붉은 태양은
밝고 맑게 환하게 웃고 있고
그 아래
사랑의 그림자인 먹구름
원망과 시름과 한숨이
사랑으로 산산히 부서져 내린다

뭉게구름 뭉실뭉실
내 머리 위를 스칠 때
나는 나도 모르게
뭉게구름 위로 무임승차를 한다

인생길 여행길에 한 많은 세월
잠시 쉼표를 찍고
미지의 세상으로
오늘도 발걸음 닿는
곳으로 여행을 떠나려 한다

단상

헛된 기도가 하늘에 부딪혀
서리가 되어 내렸다
사랑을 가장했던 이기적인 바람과
나눠주지 않았던 내 욕심

모래성을 쌓던 어리석음이
푸르름을 지우고 하얗게 변해가는
거리에 쌓여 헤메이고 있다
한 때의 어리석음은 계절 속의
가면을 바꿔가며 반복된다

잠시 눈이 맑아지는 겨울 아침
날카로운 파편으로
건조해진 영혼을 찔러본다

한 해가 끝나면
우리는 또 어떤 변명을 늘어놓을까
욕망과 욕심이 타오르고
꺼지고 나면 검은 재만 남는 것을

빗물로 씻겨 강물로 흘러내릴 때
우리들의 가슴을
따뜻이 안아 줄련지

단풍나무

밤하늘 별 하나 깜박이면
먼 산에 단풍나무
별 보고 잠이 드네

깊은 밤 소리 나즉히 들리면
새들도 울다 보금자리 찾아가고

파아란 물감에 취해
낮이건 밤이건
사색에 빠져버린 나
어디쯤 고요히 발걸음 놓을까요

책 한켠에 너를 안고
추억을 더듬어 잠을 청하랴

밤 깊어가는
감기지 않은 눈빛에
가득히 하늘 별 잠기는데
외로운 촛대의 눈물만큼 추억만 가득하여

쉽게 오지 않을 지난날의
소식 대신하여

이슬비 점점이 내려
옷깃 적시어 오면

별 하나
살며시 눈에 담으니
정적의 밤하늘 가장자리
연두빛 이슬이 서럽게 운다

사랑은
단풍나무 새긴 추억의 아픔을 보듯
아늑한 한 자락의 꿈이던가 싶으리오

단풍

낙엽 위에
가을 연서를 써서 하늘로
날려 보내고픈
마음을 눈치챈 듯

단풍은 연신 수줍음에
붉은 홍조를 띠고

저 한 조각 구름 위에
님이 계신 곳으로
가시는 걸음이라면

애달픈 이 내 마음
전해주면 좋으련만

방방곡곡 계곡 단풍은
오늘도 소리 없이

바람을 벗을 삼아
고요하기만 하다

달의 한 사발

노을이 나락으로 떨어지면
밤하늘 탁자에
쓰러진 어둠이 놓이고

달의 잔에
지나간 세월
스잔한 옷깃 스치며 배고픔이
허무를 채운다

아픔이 어둠으로 스러진 하루
세워진 탁자 위 막걸리 한 사발

혼자 부르는 서글픈 탁주가
웅크린 목덜미에 숨이 엉기면

허물어진 하루 기억 속
사연 빛추는 창가에

잠시 미련 머물다 홀로 가련다

당신

내 영혼이 쉴 수 있는
아침의 붉은 여명의 그대는
바스라지는 햇살의 미소 같아서

루비처럼 빛나는 미소
시린 풀잎의 눈물 방울
사랑의 아침 창문
그 틈새로 스며드는 새들의 인사
어느 것으로 당신을 대신할까요

단풍잎 물들어가는 가을 하늘
탁자 위에 놓인
따뜻한 커피
한 잔의 사랑이
침상에의 포근함을 일으켜
사랑을 더욱 깊게 만들었던 당신에게

내 평안의 가슴에 더욱 시린 탓은 무엇일까요

간간히 그립지 않음은
잠시의 이별을 예감한 탓일 뿐인데
긴 여정의 이별을 간직한 가슴에는 바람이 부네요

스산한 바람에 떨어지는 한 잎의 잎새에도
슬퍼지는 계절의 문턱이
뉘어지는 햇살에 더욱 애처로워지는데
그대는 보이지 않네요

잿빛 하늘이 금새 진하게 붉어지듯
내 가슴이 붉게 타면
눈을 감고 가만히 그려보는 그대

진지한 서편의 애환 속에
써 내려간 사랑은
넓은 들판의 한 켠에서 시들어가는
이름 없는 꽃이었을까요

이 고요의 침묵 속에서도
그대가 그립다
나 하나만의 긴 꿈에 모든 일상의…

덮여가는 인생

덮여가는 인생
걷어낼 수 없는 세월
짓궂게 걸어온 길
슬며시 잠겨간다

요로에 지친 인생
늘물 덮어 지웠건만
허물없는 겨울인 양
불쑥불쑥 튕겨지면

하늘 잃은 듯 넋 나가고
찌푸린 세상살이
어둠인 듯 하구나
노래 한 곡 못한 세월

물그림 그려 띄우고
다해가는 세상살이
바람 뒤에 등불인가
바람 앞에 등불인가

호젓이 슬픈 길 외롭구나
지고 가는 님이여
해지거든 따라오소

동반자

가슴에 있는 아픔일랑 내게 주세요

길다면 긴 인생길 혼자는 외롭지만

함께 손잡고 가는 길 적적하지 않도록요

때로는 외롭고 때로는 슬픈 날도

기쁘고 즐거운 날도 서로 나누며 살아가요

그대와 곡차 한 잔이면 즐거운 것을

산다는 것이 별거 있나요

그대와 내가 담을 좋은 추억보따리

한아름 만들어

쉬엄 쉬엄 걸어가면

최고인 것을요

동장군

등에 지고 들며 보내버린
세월의 어느 한 자락에
조금 식어진 바람에도
마른 갈대의 신음을
온몸으로 쏟아내는 야위어진 청춘

추억 속 어느 구석엔가 이끼처럼 붙어 있던
아릿한 향기의 냄새를 기억해 낸다

송곳 같은 삭풍이 문풍지를 울릴 때도
내일을 꿈꾸던
그도 이제 세월을 먹어
눈 쌓인 먼 산을 바라보기만 해도
고독은 춥다고
서리서리 하얗게 내린다

동장군님 가던 길 어여가세요

동해 바다

푸른 바다 동해
한없이 밀려 왔다가
끊임없이 쓸려 가는 바다의 밀어

철석 철석 그들만의 노래
귀 기울여 들어봐도
음정 박자 변함없다

별다른 의미가 없어도 그저 좋다
자연은 굳이 더 이상 의미를 두고
있지 아니한다

세월에 씻겨진 두리뭉실한 바위들
물길이 흐르는 자연의 소리도
나는 그대로 애써 의미를 내포하지 않는다

그냥 자연스럽게 와서 보고
걷고 듣는
물소리도 새소리도 그냥 좋다

동행

손을 잡고 함께 걸어갈
사람이 있다는 건
얼마나 따뜻한 일인가

팔짱을 끼고 함께 걸어갈
사람이 있다는 건
얼마나 가슴 뛰는 일인가

바람은 불고
꽃은 지고
지구는 빠르게 도는데

어깨동무를 하고 함께 걸어갈
사람이 있다는 건
얼마나 든든한 일인가

고마웠노라 행복했노라
이 세상의 일 마치고 떠나는 날
작별의 인사 뜨겁게 나눌 사람 있다면
그의 인생은 또 얼마나 눈부신 동행인가

뒤안길에서

인연도 세월도
스쳐가는 바람처럼
생의 길목에서 애절하고
눈물겹도록 태워야 할 운명이라면
스치는 계절 속 바람에도
폭풍처럼 밀려드는 세월에도
길이 멀고 거칠어도
미련 없을 세월이랴
생은 어차피 쉴 곳을 찾아
헤메이는 방황이듯
소중한 인연을
사랑이란 이름으로 가꾸고 가꾸며
덧없는 욕망 훌훌 털어버리고
걸음 걸음 행복을 위하여
터벅터벅 걸어갈 일이다

들판의 노래

나는 늘 소리 내어
노래하면 살지

나의 노래를
들어주지 않아도 좋아
바람 불어 머무는 곳 무대라 여기며
어디서나 새롭게 노래하고 있어

하고 싶은 모든 말을
아껴두었다가도
들꽃의 씨앗으로 영그는 나의 노래로

바람 부는 데로 고개 숙이며
볼품없이 숨어 있다 해도
불편한 건 하나도 없어

내게도 부르기 좋은 이름이 있는데도
사람들은 잘 모르는것 같아
그래도 서운하지 않아

고맙고 감사하는 법
기다리는 법 인내하는 법

시간에 맞춰 노래를 부르는 것을

오래전부터
계절 따라 비와 눈 사이를
오고 가는 바람에게 배웠기에
행복하게 살아갈 뿐이야

푸름에 물든 삶
계곡의 물처럼 맑은 삶
오색으로 물든 농익은 삶
하얀 도화지 같은 진실한 삶

모든게 잊혀진다 해도
두렵지 않아

나는 자유롭게
혼자만의 노래를 부르며
바람이 데려다 주는 곳
그곳에서 노래하는
들판의 무명가수

떠도는 구름 같아서

계절 따라 변하는 건
세월이 아닌 사람 마음이듯
가을 찬바람 따라 떠도는 낙엽
그 이름을 미워하지 마라

한줄기 희망으로
온 힘을 다해 붙잡아도 보았지만
몸과 마음이 지쳐
퇴색되어버린 심정 속에

떠나가는 마음도 아프지만
때가 되면은 못다 한
인연의 끈 엮어서

떠날 때는 안녕이라는 말보다
좋은 인연으로 다시 만나기를
고대하며

각양각색으로 살아왔던
수많은 사연을
내 영혼의 책갈피에서

하나 둘 꺼내어
잊혀지지 않기 위해
마음 한켠에 그리워하는
낙엽 위 새긴 글 되새겨 보자

인생은 떠도는 구름 같은 것이라고

또 하루의 내역서

커튼 사이로 가느다란 빛들이 분주히 새어 들어오고
밤이슬과 함께 바람이 들어와
설핏 잠을 깨우면
오늘 사용할 하루가 빈 노트처럼
펼쳐지기 시작합니다

하루의 꼼수가 아닌 살아가기 위해
웃고 즐기며 열심히 일하고
감동하는 항목들이 정렬되어 가며

마음에 점 하나를 찍는
하루를 정리하는 시간이 되면
따뜻한 차 한 잔으로 여백을 두어
한 칸을 띄어 두지요

지금에 와서는 그다지 중요할 것도 없는
일살생활에서 반복되는 여백의
손익계산서 같은 건

별다른 의미 없는 페이지에 두거나
차라리 삭제하고
열정과 진심을 담아서도

이루지 못해 아쉬웠던 것
세부 내역은 메모리 창고에
꼭꼭 저장합니다

훗날 미소로 꺼내 볼
소중한 추억이니까요

더 이상 적을 것이 없는 오늘에
갈피 하나 꽂아두면
밤이 오고 가면 새벽이 찾아옵니다

하루 일을 마치고
꿈을 꾸는 일은
나의 여가시간

누구에게도 방해받지 아니하고
편안한 나의 시간이라고
하루의 내역서에 담아봅니다

마음 깊숙히

좁고도 얇은 도화지 같은
깊고도 넓은 광목천 같은
알 수 없는 비밀이
우리 곁에 살고

어둡고 습한 이끼 같은
밝고도 맑은 수정 같은
알 수 없는 기도가 삽니다

무지개처럼 곱고
가벼운 묵화처럼
무거우나 향내 깊은
알 수 없는 사랑이
한 세월 내 곁에 서있고

그 알 수 없는 깊이의 소리를
나는 너의 소리를
너는 나의 소리를 들어야 합니다

마음은 기울이면서
아침 이슬처럼 영롱한
눈빛으로 먼 산을 보는

그런 이기심은 놓아 주어야

진정 잘 살고 있다고
내 안의 위로가 되어
오늘을 사는 이유가 되리

마음의 행복 저장소 드립니다

너무 기쁜 일이 생겨도
그 마음 조금 떼어내어
저장해 놓아요
너무 슬픈 일이 생기면
꺼내서 위로받을 수 있게

너무도 사랑하는 사람 만나도
그 마음 조금 떼어내어
저장해 놓아요

가슴 아픈 일들이 스쳐
지나갈 수도 있으니까요

너무도 행복한 날들이 찾아와
하루하루가 살만해도
그 행복 조금 떼어내어
저장해 놓아요

감당하기 버거운 아픔이
지치고 힘들게 할 때
그 아픔 희석할 수 있도록요

지금 건강할 때
건강도 조금씩 모아두세요
나이 들어 기력이 떨어질 때
꺼내어 쓸 수 있도록

인생이란 여행길이
굽이굽이 산등성이 같아서
오르는 길이 있으면
내려오는 길도 있기 때문에

조금씩 모아 저장해 두었다가
필요할 때 꺼내어
쓰면 좋을 듯 해서요

마지막 잎새

바람이 이슬에 묻어가는 공간
허리 감싸 안은 가지마다
맺혀 있는 지나간 밀회의 방울

무참하게 떨어져 구속을 벗어나
자유를 찾고 싶은 무한대 욕망
나를 통째로 던지고 싶은 아픔

한 몸으로 지내온 붉은 나무처럼
한 곳만 바라보던 우리의 순정
소낙비 한차례에
하얀 눈 맞으며

겨울빛으로 물드는 싸늘한 노을
바스락거리며 부서져 내려
한 줌 흙으로 되돌아가는 서러움 안고

산새소리 그늘진 산기슭에
외롭게 길 떠난 그림자
푸르른 하늘 서글퍼 흐느껴 운다

작아져만 가는 초승달의 붉은 눈

나이테 속 유심히 들여다보고
거친 삶의 등을 두드리는 나잇살

빨갛게 물든 낙엽은 텅 빈 의자에 앉아
무슨 생각을 하고 있는지
벌겋게 충혈된 눈물 쏟고 있네요

만약에

내가 가로등이라면
너는 달이었으면 좋겠고

내가 햇살이라면
너는 미소 가득한
해바라기 꽃이 되었으면 좋겠어

내 외로움이 그리움으로 스며들 때
너의 그리움도 나였으면 좋겠고

내 가슴에 잠긴 보고픔이 너라면
너의 가슴에도
나였으면 좋겠어

내가
어두캄캄한 밤하늘이라면
너는
반짝반짝 빛나는 별이었으면 좋겠고

내가
오작교라면
너는 칠월칠석 북두칠성이

됐으면 좋겠어

그래서 너와 내가
은하수 안에서 노래하고
춤추며 즐겁게 사랑하는

사랑이었으면 정말 정말 좋겠어

머무는 곳이 축복입니다

나무와 숲이 풍성해졌습니다
산천초목에 초록의 싱그러움이 넘치듯
우리의 삶도 생기가 넘치는 듯 합니다

행복하세요

살아 있는 것이 축복
님이 계신 그 자리도 축복입니다
나도 그대에게 축복이 되고 싶습니다

기분 좋은 하루는
이런 느낌으로부터 출발합니다
좋은 느낌을 마음에 그려보시고

푸른 하늘 맑은 바람 행복한 미소 등등
그러면 님은 어느새
그것들과 하나가 되어 있을 겁니다

마음에 그리고 마음으로
느끼는 것이 바로 님의 모습입니다

만일 마음에 어둠이 있다면

님은 어두운 표정이 되는 것이고
마음에 성냄이 있다면
님은 성냄과 하나가 되는 것입니다

마음은 빈 광주리와도 같습니다
빈 바구니를 채우는 것은
바로 자기 자신입니다

당신의 마음 바구니에는
무엇이 담겨 있을까요

푸른 하늘 맑은 바람
예쁜 꽃 넓은 바다
아름다운 사람들의 모습으로
가득 찬 그대의 마음 바구니를
모두에게 내보여 주세요

멍하니

흰구름 먹장구름
작은 창밖의 바람에 밀려나면
그리운 거리만큼 별이 보인다

이즈러진 한 때의 화창한 사랑아
꽃무늬 물결로 다가와
내 가슴 밝히더니
이 밤 오직 네 꿈만을 기억하게 하는가

그리운 만큼만 별이 피고 질꺼라
이만큼 상심한 게 너무나 커
흰 구름띠로 가슴 두르고 나니
송송히 작은 별강이 흐르네

내 강가에
네가 흐르리

총총한 별 바람에 흐려지는 내 눈에
네 모습 완연하여 서럽다
그리운 만큼만 흩어지다 다시 만나는 인연의 강물 위에로
수선처럼 고개 들지 못해 서러운 밤 별로

모르나봐

나와 상관 없는 사람들은 몰라
내가 외롭다는 것을

웃고 있으면
친구들도 몰라

바람이 불어도 모르고
아파도 몰라

내 외로움에
지친 모습을 보고도

그래서 오늘도
빙그레
웃고 눈을 뜨나봐

모순과 바람

바람 참 거세네
바람처럼 살아가라는 게
사랑이라지만
매일처럼 사는 거
쉬운 일은 아니겠어

꽁꽁 얼어붙은 고드름
물처럼 살아가라지만
겨울 고드름처럼 사는 거
어찌 쉬운 일일까

온갖 허물과 오물 속에서 살면서
청정을 지켜가는 것도
서로 다투는 세상 속에서
스스로를 내려 놓는 것으로

나의 인생 삶을 지켜낼 수 있어야
꽃도 피우고 잎도 피우나니

온전한 숨소리와
내 깊이 있는 마음
웃음으로 가득 채워

밝아오는 여명 속에 환한 날빛
온몸에 안고
그대에게 찾아갈 수 있을련지…

무위자연

자연처럼 욕심 내지 마라
욕심은
나를 옥죄하는 도구요
살인무기다

자연 속 속물이 되어 사는 것처럼
생각하며 뜻을 간직하며
의미 있게

물은 높은 곳에서
아래로 흐르고
떠있는 구름도
바람 없이는 흘러갈 수 없듯이
욕심 내지 아니하며

웃는 모습으로 마음 속 깊이로
화를 다스리며
행복을 추구하는 가을 앞에
우뚝 서기를

미소

그대에게 드릴 것은
이것이 전부입니다

제게 남아있는 전부
한 번에 줄 순 없어요

어디 있던 가져와서
보탤 수도 없답니다

다른 곳에 있다 한들
훔칠 수도 없잖아요

무한히 솟아 오르는
샘물도 아니니까요

마음속에 흘러가듯
기다려야 한답니다

급히 나오면 그것은
가짜라고 생각하죠

남은 것이 있다해도

지금은 아니됩니다

모두 주고 나면 나는
껍데기만 남습니다

컵 속에 차있는 물도
찰랑이면 불안하듯

오랫동안 주어야만
버틸 수가 있답니다

주고 나서 혼자되면
외로움은 어쩌지요

조금씩만 드린다면
오랫동안 버팁니다
나의 미소는 나의
행복이니까요…

미운 말보다 좋은 말로

기분 나쁘다고 나쁜 말
함부로 내뱉지 마세요

속상해 얼굴 찌푸린다고
화가 풀리나요

본인도 모르게 얼굴에
주름 자욱이 생겨납니다

기분이 상하더라도
좋은 말로 웃으며 말해보세요

웃음은 본인도 모르게
얼굴이 활짝 피어납니다

지나고 나면 별거 아니듯
추억에 지나지 않아요

추억은 아름답고 상대를
다시 기억하게 합니다

진심 어린 말 한마디에

누군가의 반성의 기회로

그 사람의 재기의 디딤돌이
될 수 있도록 좋은 말로 대해주세요

언젠가 당신의 말 한마디에 회상하며
기억 속에 감사함을
느낄테니까요…

밀회

사랑을 못하고
사랑을 모른다면
이내 스러질 듯 밀려드는 파도 같고

파릿하게 젊은 시절 지나
수십 년 세월 보내고 나니
어두컴컴한 하늘
반짝이는 별빛에 글썽이는 눈물을 흘리는가
그리하여 슬픈 분노를 보이는가

평생을 사랑을 한대도
아직도 모자라는 그리움이 있어
너를 바라기 하는 처연한 기쁨이여

반짝이는 햇살과 광요의 풍경에 물이 들었건만
이제 노년의 길 마중하며
흘린 눈물이 이렇듯 깊은 상심일줄이야

고혹한 눈 아늑한 고독 외로움
그 모든 것에의 일탈을 그리워하련가
때 늦은 밤을 지나
침묵에의 이슬에 묻혀지리니

우리 고독하게 웃고 상념에 지쳐
쓰러지더라도
한 가지씩 슬픔 기쁨 행복을
갖기로 하다가
어느 틈새 내가 쉴 수 있는 편안한
보금자리에서

긴 시간의 밀회를
건강하게 추억을 회상하고
이야기하며
축복 속에 메아리 되길…

바다와 연인

저 멀리 하늘 아래 밀려오는
파도소리는
스님의 목탁소리 장단에
철석 철석 춤추며 노래부르고

단정하게 차려입고
지평선 먼바다를 바라보는
여인들의 모습은 참으로
곱기도 하다

밀려오는 파도에 행복과 축복 속에
건강한 삶을 위한 곱디 고운
소식 전해올까
소리 내어 님을 마중하며
반기고

썰물에 알아보지 못할까
손 흔들어 움직이며
선율에 기다리는 마음을 담아
띄우는 순수하고도 애절한 꽃

지평선 위 반짝이는 은빛보석도

내일의 행복을 기다리는 여인의
마음 알고 있겠지

내일을 향한 미래의 희망과 꿈을
파도에 실어 끝없는 영광 속에
지혜로운 님의 밝은 미소로
이루어지는 그날
바다와 연인들은 오늘도
속삭인다

바람꽃

촛불 하나 덩그러니
흔들리는 바람 속의 꽃

울타리 쳐놓고
불꽃 지키려는 가냘픈 촛불

꺼질 듯 말 듯
다시 살아나는
등불이여

흔들리다 피어나는
혼의 바람꽃이여

그대는 아시나요
바람꽃의 슬픔을

울타리 너머 들어오는
저 바람이 시리고
아프다는 것을…

바람을 기다린다

좋은 소식 행복한 일들만
가득한 바람이 그대에게 불어
아침을 열어주길

삶이란
바다와 같은것
잔잔한 풍랑으로 유혹하다
성난 파도로 삼킬 듯 변하는
예측할 수 없는 세월 앞에

삶의 지혜를 배우며
어렵고 힘든 날을 이겨내면
따스한 봄이 오듯이

우리에 마음에도 꽃이 피기를
작은 꽃에 감동받듯
활짝 꽃이 피기를
수선화처럼 샛노란 꽃과 함께

오늘도
부는 바람에 님에게도
기쁨이 넘치는 기적이 오기를
바람에 마음을 실어 보냅니다
받으세요…

바람의 꽃

이 나이 되어
내 무거운 짐들이 바람
꽃으로 피어날 수 있었으면
얼마나 좋을까

버리고 싶어도
계절이 바뀌어도 추억으로 떠오르고
결코 버려지지 않는 살아온 날들

애꿎게도 버리지 못하고
여기까지 끌고 온
젊은 청춘의 덧

좋은 추억만 따라와
내 등에 걸터앉아 비시시 웃고 있기를
바라는 나

버리고 버려도
더욱더 무거움에 나를 비틀거리게 하는
세월의 아쉬움

비틀거리면 비틀거릴수록

몸은 지쳐 노쇠어 가고
더욱더 늘어나 나를 짓눌러 버리는
내 인생의 발자취

이제는
살아온 지난날들의
고난과 역경 속에 행복들이
잘 버무려져
향기 가득한 바람
꽃으로 피어

가을이 찾아온 길가에
미소 가득
꽃향기로 가득했으면

바람이 운다

가슴에 부는 바람
사랑이 분주하다
달빛에 싸늘한 아픔은
무정한 바람과 함께 사라지고

스치는 인연
아주 못 가는 스미는 사랑인냥
너를 두고 밤이면 야위어 가는
나의 시는
절망인 것을

바람아
사랑아

먼 훗날 너와의 온갖 만남이거든
너의 두 손길로 은총인 양
나의 마지막 고독을 만져다오
아! 가슴에 바람이 운다
아! 사랑이 말이 없구나

벗과 님의 그림자

세상에 하나밖에 없는 님이여
사랑하기에 당신을 내 삶을 담아
사랑했습니다

당신이 있기에 가능한 사랑이었고
그리움이었고 당신의 진실한 사랑
내 가슴이 허락하여 가능한 사랑입니다

당신을 향한 하나의 사랑이기에
당신에게 세상에서 존재하는 사랑을
아름답게 꾸미며 행복한 사랑 드리겠습니다

내가 이 세상에 태어나
사랑이란 꿈을 꾸게 하신
당신은 내 사랑
붉은 하트로 만들어 주셨기에 행복합니다

내 생애 다시는 없을 사랑을
당신을 위하여 살아 숨 쉬는 동안
멜로디 같은 사랑의 노래로 부르렵니다

당신은 내게 있어서

내 가슴에 품어 당신이 가장 좋아하는
사랑이 되어 드리겠습니다

오늘도 당신의 최고의 사랑이 되어
드리고 싶어서 노력하겠습니다

당신을 위한 사랑으로
그림자 되어…

변하지 않는 당신

언제였나
지난날의 사진
가슴 속 숨겨놓았던
웃는 옛 사진을 보면

순수한 얼굴이 코스모스 꽃처럼
아주 더 예뻐서
미소를 짓게 합니다

바람도 쉬어가는 가을 들판에
수확한 당신과의 지난 이야기가
이제 가을 단풍처럼
뜨거워지는 듯 합니다

순수한 당신의 열정과 사랑이
내 곁으로 다가와

새록새록 지난날의
기억들을 되짚고 있으니

이 가을 이 시간 비록 짧더라도
내겐 아름다운 잎새
가을의 단풍인듯합니다

별빛 닮은 사랑 앞에

너의 바다로
나는 어둠을 헤치고 가고파서
갖 등대불 이고서
해변을 서성인다

밤배 저어가면 늦으리
그대를 만날 수 있는 시간이
오색등 산등선 먼 중턱에서 외로이 지켜줄

반짝이는 두 눈에
어느새 빨갛게 눈물이 번지는 시간은
외로운 한밤중의 등대불

바람 잔잔하게 흐느끼는 야윈 바닷가에
별은 번번히 사라져도
하얗게 밀려오는 썰물은 은색 등대를 감싸고 휘돌아
발끝을 적시어도
내 아픈 가슴이 젖어든다

사랑이 아니라 해도
이미 온몸이 젖어들었네
얼마만큼 사랑을 하노라면

그대 별인 양 습한 눈을 감을 수 있을까 싶어

나는 별 같은 사랑을 할까
등대처럼 홀로 외로운 지킴이의 바다에서
지쳐 스러지면
바위섬 어느 한 곳에서 뉘어
사라지는 포말로도 행복할까

나는
사랑을 해야만 하겠네
별 같은 눈물을 흘릴지라도
그리운 바다
잔잔한 물결 파랗게 멍이 든 사연만큼

사랑을 해야만 살 수 있는
별인 양 하는 바닷가에서

보내는 마음

더 같이 향기를 나누고 싶었다
더 오래 머물고 싶었다
고개 들어 뒤돌아보니
참았던 눈물이 덜컥 흐른다

그 자리 떠나고 휑하니
바람 불면
또 다른 곳에 씨앗을 뿌려
새 싹이 돋고
햇살이 비출 날을 기다리며
난 오늘도 태양을 맞는다

우리가 다음에 어떤 모습으로 만나든
오늘 떠나보낸 너를
난 내년에도 꼭 기다리련다
한 손에 한 송이 꽃을 들고…

보여요

찬바람이 재치기를 할 때
붉은 노을의 그리움을
만나게 해 주었어

손주 손녀
아기 눈썹 낮달의
하얀 웃음이
구름에 안기는 것을
들려 주었고

하얗게 내려앉은
안개 낀 나뭇가지에
비집고 걸터앉은 햇살의
앙증함도 눈에 담아 주었지

자유로운 바람과
영혼의 춤을 추며 낙하하는
솜사탕 같은 하이얀 눈이
기침인지 재치기인지
알려주었던 설경 속에

해가 뜨고 지기를…

봄 마실

봄이
온다는 기별에
산과 들로
봄나물 내음 맡으러
뛰는 가슴 안고
마실 나갑니다

봄바람은
겨우내 닫힌 입술에
수를 놓으며
겹겹이 솟아나는
달래 냉이 씀바귀에 봄을
불러들이고

봄 햇살은
봄을 쪼아
가지마다 봉우리
만들어
꽃단장하기 바쁜
3월의 하루

봄은

사방으로 향기 가득 품고
물들인 뜨락에 찾아올 때
너의 향기에도
취해볼 준비도 서둘러야겠지

거리마다 저마다 따뜻한
봄 햇살에 취한
연인들 얼굴이
봄 향기에
발그레 익어갈 때

봄은 가지마다
새 생명 잉태로 분주할 거고

아지랑이 피는 고갯마루
예쁜 님
오실 그대에게
꽃등 켜고
서성이는 나는
봄 마중 나왔어요

봄밤과 대화

밤은
낮 시간 일부를 떼내어
생색내기 선금도 후불 결제도
그런 무의미한 시간이 아니다

밤은 천태만상의 휴식과
은밀한 사랑의 숙성 위해 주어진
천혜의 시간이다

밤이 아니면 탐방할 수 없는
절대 불가침
꿈의 세계이기도 하다

향그런 봄밤 깊어지면
화사한 꽃웃음 짓던
꽃입술들도 밤 이슬에 젖어
내일의 찬란한 축제 위해
모두모두 입 다물인다

겨우내 걸쳤던
블랙 잠바 한 옷
벗어던진 잎 넓은 나무들도

연록색 봄 옷 갈아 입은 채
아늑한 봄밤 수면에 취해있다

못다 한 그리움 덧나고
사랑의 목마름에 애탄 연인들
괜한 한숨에 눈물 버무려
봄밤 인질로 잠 못 이루지만

그냥 봄밤은 깊어 가고
내일을 맞기 위한
새벽의 눈을 뜨려 한다

봄을 지나 여름으로

봄 볕 아래 수선화는
말없이 지고
실바람은 꽃향기 실어
이 담 저 담 퍼 나르는 밤

아카시아 나무 슬그머니 꽃향기 흘리고
창문 사이 따뜻한 바람
솔솔 불어오면
새들의 합창에
별빛마저 흔들린다

아카시아 꽃향기 맡으며
실바람에 휘청이는 초록잎 따라
여름으로 가는 길

순이 찾아가는 길
님을 찾아가는 길

봄이 오는 길목

우거진 숲 계곡 높은 곳에
겨우내 얼었던 얼음이 녹아내린
물이 거울처럼 맑구나

움추리던 이내 가슴도
따뜻한 봄바람에 녹아내리고
흐르는 물소리 떠올리면
귓가에 졸졸졸
봄 노래 불러주나니

산새야 너도
풍광이 열린 곳이
그리도 좋았든가
바람결의 날린 낙엽
수정처럼 맑은 물 위
수채화 그렸더냐

가자 가보자
손잡고 가보자
우리 모두 시절마다
사랑 나들이 떠나보자
꽃 찾아 향기 찾아

비 오는 날

오늘밤처럼
이렇게 비가 내리는 날은

멍하니 비를 바라보며
생각에 잠겨 봅니다

이런 저런 생각들이
머리를 헤집고 다니네요

그동안 잊고 지냈던
그리운 얼굴들도 생각이 나고요

맛있는 전에
막걸리 한 잔도 생각이 나고요

혼자서 빙그레 웃음 지어 봅니다
지난날의 좋았던 추억들을 생각하며

이렇게 비가 오는 날이면
참 많은 생각과 그리운 것들이

텅 비워져 있는 머리와
메마른 가슴속을 촉촉히 적시어오네요

비대칭

기다림은 균형을 잃은 수직이지만
사랑은 규격이 없는
비대칭인 것 같아서
그리움은 받침으로만 쓰려고 해요

힘들겠지만 버려낼 거예요
끝은 있는 건지
보이지 않고 알 수 없지만
버려진 건 내 몫
내 몫은 내가 챙겨야 하겠지요

비우니 넉넉해지며 순탄해지더라

마음을 비우니 얽매이질 않아 마음이 한가롭고
연연하거나 집착하지 않아 마음이 편안하다

끼어드는 난폭운전 차량에게 마저도
길을 비켜주는 자세로 살아가니
매사에 시비도 사고도 발생할 일이 없고

마음을 비우며 내려놓으니
비로소 마음의 평정심을 찾고
마음의 평화가 열리니 몸은 힘들어도
매사가 순조롭게 잘 풀리더라

비운다는 것이 빈둥거리며 안주한다는 뜻이 아니라
노력하는 과정을 즐기며
결과를 겸허히 받아들이며 사는 것

결과에 연연하지 아니하고
정체되지 않으려 노력하니
뜻하는 대로 모든 일이 순탄하게
잘 풀릴 거라 믿어 의심치 않으며…

비움

가로등에 기대어
가을이 졸고 있네
세월의 한켠에서
따사한 가로등 가을빛 내려앉으면
잎새들은 변해 버리고
겨울을 재촉하는 찬 바람
견디지 못한 낙엽들
하나 둘 떨어지는데

낙엽 위 쓰인 사연
하나씩 읽어 본다
아픔 슬픔 고통 괴로움
모두 서글픈 사연들 뿐

내가 찾는 것은
행복이라는 글귀 하나

바람에 휩쓸려
홀로 뒹구는 낙엽 하나
잎은 모두 사라지고
앙상한 줄기만 남은
초라한 잎새

낙엽 속에서 나는 보았네
행복이라는 단어 하나를
자신의 몸은 모든 이에게
모두 내어 주고
쓸쓸히 홀로 누워있는 저 잎새

비움
내 모든것을 비워야
행복하다는 것을
난 내 자신을
얼마나 비워 냈나
고민해 본다

빈손일지라도

주먹을 쥐고 펼쳐도 빈손
세상살이 보잘것 없는
구름같이 떠도는 생일지라도
꽃다운 당신을 만나
사랑을 알게 되었고

마음 깊이 맑은 영혼으로
당신 모습을 보고싶을 때
꺼내어 볼 수 있음이
얼마나 행복한 일인지요

뱃사장 위로 불어대는 바다바람이
수줍어하는 나의 얼굴을
철석 철석 스쳐지날 때
사랑이 무엇인지 가르쳐 준 그 바닷가
그 파도소리 어찌 잊으리오

은빛물결 넘실대는 밤 바닷가 등대도
가진 것 없는 빈손으로 그대를
맞이할 때

언제나 어디서든
함께 잡고 갈 두 손이 있는 것만으로
그대에게 마음 전하니

빈자리

향기 가득
곱게 피어있는 꽃들은
님 예쁘게 치장하고
사뿐사뿐 한 걸음 두 걸음
다가올 때와 다름없으니

소리 없이 내려오는
새벽 이슬은
님 그리워 내리는
맑은 사랑주 같아서

향기 좋은 꽃내음이
창문 사이로 스멀스멀
나의 몸을 깨우니
묻은 상처는 바람에 지고

오월의 행복 아스라이
아카시아 향기 송이송이
하얀 꽃송이가 내 마음 녹여주는데

내님은 언제나 올까
기다려진다

빗방울의 노래

떨어지는 빗물을 핑계로
젖은 상심을 속이던 날

내리는 빗방울이 잘게 부서져서
조금씩 다른 높이의
음표를 그리고 있었어

잔잔히 흐르는 멜로디에
다정한 노랫말 같은
우산 속 작은 웅성거림들

그 길을 걷다보면 비 개인 오후
씻긴 햇살을 만날 수 있다고
빗방울의 노래는
그것을 알려주고 싶었나 봐

나도 누군가의 노래가 되어
축축한 마음 말려 줄 수 있을까
그렇게 나도 함께 빛나고 싶어…

사는 날까지 빌려쓸게

세상에 많은 사람들
저마다 꿈이 있겠지
그 수많은 꿈 중에
나의 꿈도 섞여서
어디론가 가다가

누군가의 손짓에 뒤섞여
운 좋게 선택되어
소원 이뤄지는 거라서
그 손의 한수가 나이기를
바라고 싶다면 욕심이겠지만

어쩌지
난 벌써 그 손에 선택
되어 버렸는데
내 꿈이 너여서
지금 웃을 수 있다

그리고 난 너를
나만의 비밀공간에
숨겨 두었어
그런데 그거 아니

사실 아주 눈에 잘
띄는 곳이었어

나의 비밀 공간은
누구나 볼 수 있지만
그 공간에 너는 누구도
볼 수 없어
왜냐면 너는 내 마음속 깊이
감춰 두었거든

나만 알고 나만이 느끼고
너만 알고 너만이 느끼고
난 널 갖는 것이 아니라
널 잠시 간직할 거야
사는 날까지만
너도 그럴 거잖아

그러니 우린 각자 알고
각자 느끼며 각자 행복하자

다만
그 행복은 너로 인한 것이고
나로 인한 것이어야 해
또 다른 너의 행복은
관심 갖지 않을게

사람이 사람을 사랑한다는 것은

사람이 사람을 사랑한다는 것은
그리 쉬운 일은 아니겠지요

그러나 자신의 통 큰 영역에서
삶을 설계하고 행복을 추구할 때
자연의 섭리처럼 순환되고 정화되며

수정 같은 맑은 물이 흐르듯
사랑한다는 것은 가슴 아프기도
때론 좋은 일 나쁜 일도 함께
존재하기에

분해하고 성숙시키는 자양분이
내 몸속에 항상 존재하고 있어야
되지 않을까요

꽃은 바람에 의지하고 살고
바람은 구름에 기대어 살듯
상처받고 또 상처받아도

사람은 사람에게 기대며
또 사랑하게 됩니다

오늘이 마지막인 듯
따뜻한 손길 내밀었을 때
사람이 사람을 사랑할 수밖에 없다는 걸
우리는 잊어서는 안 되겠지요…

사랑의 계약서

나는 눈 내린 땅
너는 내 위에 발을 내리고
나라는 이불을 덮고 발을 감추네
내 비록 너의 발 밖에 감싸주지 못하지만
너는 나의 사랑이다

홀로 있는 너에게 나는
어둠 같은 흙을 다 덮어 너를 밝게 비춰줄 눈
해가 내리면 나는 너를 더욱 빛내기 위해
나를 더 깎는다

온 세상이 나와 너 둘뿐인 시간
내 몸을 도려내어 사랑이란 글자를 쓰고
너 하나 보아준다면 나는 괜찮다

눈보라 치는 그 혹독함 속에 나는 더욱 존재한다

너를 지키는 게 나의 몫이므로
너는 너의 가지를 흔들어 나에게
사랑의 신호를 보내면 된다

온몸으로 전하는 그 신호가

내가 견딜 수 있는 바람막이가 될 테니

마음 변해 떠나기 전
사랑의 계약서를 쓰도록 하자

사연

화려했던 시절의 꿈을
한 때라 접어 두기에는
가슴 저리는 미련이기에

산중에 깊이 품어 진주알처럼
방울방울 고이 맺어 두었나 보다

세상 한 바퀴 돌아온 바람에
그저 뚝 떼어내기에는
서글픈 사연들이

색색이 고운 잎 땅으로 흩뿌려
스며드는 아름다운 눈물인 것을…

삶

아름답고
향기 좋은
장미꽃도
높은 곳에서는
자랄 수가
없듯이
사람이 사람을
사랑한다는 것은
지위가
높고 낮든
돈이 많아도
돈이 없어도
인물이
잘났든
못났든
나를 기억하며
낮은 자세로
살기를
바랄 뿐이다

삶과 닮은 노을

아침 노을이 저녁
노을을 알 수 있을까

일상의 평안함이 축복임을
무탈한 시간 속에 알 수 없듯이

삶의 시간 고비와 사고 속에
비로소 깨닫는 일상의 소중함

아침 노을은
살아갈 희망을 주고

저녁 노을은 안위를 줌을
깨닫는 생의 시간들

완전해지기를 바램이 아닌
완벽히 되기를 원함이 아닌

있음 그대로 존재하고
존재 그대로 흘러감을

내 삶의 그러함을 노을은
알 수 있을까…

새벽을 열고

켜켜이 내려앉은 어둠을
이불 밖으로 밀어내고
두텁게 덮인 눈두덩이를 걷어내고
새벽을 열고 아침을
맞이합니다

조용합니다
냉장고의 냉매가 흐르다
멈추는 소리가 들립니다
새벽 공기가 사뭇 보드랍습니다

기도와 묵상으로 시작하는 하루
어둠이 서서히 빛과 자리바꿈하고
엄한 동장군도 화사한 봄처녀에게
살포시 자리를 내어 주려 합니다

샛 노오란 호박꽃

우리는 서로 없는 것 같이 살지만
서로 꽉 차게 살아
어쩌다 당신 모습 보이지 않으면
내 눈길은 여기저기
당신 모습 찾아 잠 못 이룬 밤이 되고

담장 넘어 뜰 안에 호박꽃만 피어나도
가슴이 뛰고
바람에 꽃잎같이 설레입니다

날이면 날마다 얼굴 맞대고 살아도
보고 또 보고 싶음이고

밤이면 밤마다 살 맞대고 잠들어도
이따금 손 더듬어
수줍은 손 찾아 꼭 잡고 싶고

내 가슴에 엎고 안주해야
잠이 올 것 같은 여백의 순수한 꽃

내 곁에 늘 꽃 피는 당신
내 마음은 당신한테 머물러 쉬며
한 세월이 가네요
노오란 호박꽃에 입 맞추며

서로가 서로에게

가로수 끝엔 달빛 같은 붉은 수수감
서너 개 휘청거리고

먼 밤하늘엔 붉은 달이
도장을 찍어 놓은듯 하다

달빛에 젖은 개천 교각 위
가로등을 품고 움츠려 흐느낀다

사느라 허우적 참새 걸음
모처럼 뒷목을 꺾어 붉은 달빛에
안기어 보며

사는 게 그런 거다
사는 게 그런 거지
노래하듯 외쳐본다

나는 너에게
너는 나에게
서로를 품어 주는 가로등 달빛처럼

따뜻한 햇살로 찾아와

겨울바람이 되어
서로가 서로에게 등불이
되어준다면…

선물

봄이 내게 준 선물
산들의 연초록 잎이
사계절의 편지라

싱그러운 자연을
거저 받았으니
내 모습은
날아오른 풍선 같아

바람결 살랑임에
풀잎새 설레고
나의 마음은 노래처럼
굴러 간다네

향내 꽃처럼 예쁜 척
귀여운 척 하니
서산에 걸친 석양도
환한 웃음이다

선풍기

바람난 그대 만질 수도 볼 수도 없지만
사랑합니다

퇴근 후 더위에 지쳐 있을 때
숨소리 거칠게 다가와 와락 안아줄 때
세상 다 가진 것처럼 편안해집니다

끈적끈적한 이 내 몸을
보드레하게 애무하는 너는 바람
상쾌하니 사랑에 빠졌습니다

하얀구름 위를 타고 다니는 것처럼
황홀합니다

항상 내 주위를 떠나지 않고
소리 없이 보듬어 주는 너

무더위 속에서
밤새 돌고 돌다가
잠든 것 확인 후에야 한숨 돌리는

그대는 그대는 어머니의 자장가

선행의 꽃

말하지 못하는 속내가
안으로 곪아서 터져버렸나
조형되지 않은 몸짓으로 아름답게

끝 간 데 없이 먼 그리움에
회답 없는 막연함에 서리서리 맺혀
타들어가는 가슴 화려하게 피워냈나

백화가 만발하니 마음은 화사한데
무심한 세월은 아랑곳 않고 흘러
어허라 솔잎보다 많았던 머리숱도
하나 둘 빠져가고

살아왔던 나의 인생길도
낙숫물 처마끝 위태로운 빗물 같구나

넘쳐나는 뭇사랑에 내 것은 없고
마음의 꽃
선행의 꽃만 자연의 숲에
뿌리고 싶구나

성난 겨울이 말한다

눈과 얼음이 침묵하는 까닭은
붉게 타오르는 마음을 알고 있는 거지

가을바람은
무성했던 초록잎을 쉬게 하였고

빨강 노랑 연지 곤지로
치장하여 단풍으로

예쁜 신부 하고 싶었는데
성난 겨울이 질투하여 낙엽 되었네

마주친 눈빛 속 인연 하나로
마주 잡은 따뜻한 손길이었다면

성난 겨울인들 어찌 두려울까
옹달샘에 샘솟는 옥수는

얼음을 만들지 못하고
흐르는 샘물은 멈춤을 모른다오

춥다고 움직임이 쉼 하면

청춘이라고 자랑하지 마오

지금은 사라진 굴뚝
상상으로 모락모락 연기 날리면
겨울밤은 깊은 어둠 속으로 피어나는 밤

윗목에 버티고 있는
당신의 마음이
하룻불과 빛을 바랄 때

뜨겁게 타오르는 온기는
사랑으로 거듭나리라

세상엔 내 것은 없다

세상에서 제일 많은 물질은 바다고
세상에 가장 넓은 것은
하늘이지만
바닷물을 마음에 담을 수 없고
넓은 하늘도 가질 수 없다

살다 보면 내 것으로 만들고 싶은
욕망이 불끈불끈 일어
원 없이 얻고 싶지만
가져본들 결국 바닷물이나 하늘처럼
내 것으로 만들 수가 없다

가진 것이 많아도 결국 놓아야 하기에
욕심부려 세상을
자신으로 하여 혼란하게 하지 말자

베풀며 살자
세상에는 내 것도 네 것도 하나도
없으니
옷 한 벌 해지면 그만이기에…

세월과 바람과 헤어질 결심

네가 있어 사는 게 좋았고
네가 있어 위로가 되었고
너를 만나 후회도 많이 했다

가까이하면 가까워질까 두려워했고
멀어지면 멀어질까 두려워했다

너와 함께 깊은 밤을 보내고 나면
더욱더 그러했건만
차마 나는 너를 보내지 못했다

내 삶의 여정에서
기쁨과 슬픔을 함께 했던 너
차가운 겨울 속에서
뜨거운 태양 아래에서도
볼수도 보이지도 않는
맑고 투명한 모습으로
치명적인 매력을 담은 채
내 입술을 유혹하던 너였지

수십 동안 사귀어 온 정이
그리 쉽게 떼어질 리 있겠냐마는

이 밤이 지나고
내일 또 어둠이 찾아오고
바람 불어

또다시 그리워할 수도 있겠지마는
오늘 밤 헤어질 결심으로 또다시
네게 이별을 통보한다

세월과 바람에게

가슴

소리 없는
미소가 더 아름답죠

움직이지 않는
마음이 경건하죠

오래가기 때문이에요

하루는 화살 같고
바람 같고
흐르는 시냇물
같지만

그리움은
정지되어
벙어리가
따로 없습니다

매화도 목련도
바쁜데
보이지 않을 뿐

실바람은
늘 허리에 매달려
재촉하지만
고목나무에 가지마다
꽃피울 날
환한 봄날에
아름다운 풍경으로
그대에게

웃는 날
가슴에 얹어
드리오리다

손수건

호주머니 속 헤매다
네모난 어여쁜 한 조각의 눈물받이

억울함에 닦아내고
설움에 젖어들고
그리움에 지어 짠 한 조각의 눈물받이

사악한 때를 긁어 모아
땀으로 배출할 때면
독한 흔적을 감당해 낸 한 조각의 눈물받이

생과 사의 오르막 내리막 사이로
한 세상 자식 걱정에 눈물을
머금었던 부모님처럼

따뜻하고 포근하게 언제 어디서든
이 내 마음 닦아주는 너
넌 내 마음보다 더 젖었을 텐데…

숨겨진 날개였나

이 나이 오기까지
추락하는 순간에
숨은 날개 있었나보다

내 숨겨진 날개는
지키려는 진실이 있어서
높이 힘껏 날아올랐다

간절함이 그 날개를 펼쳐 날게 하니
하늘이 감동한다는 게
그런 것인가

내가 나를 위로하고 있으니
나에게도 숨겨진
날개가 있었나 보다

숲의 노래

침묵했던 검은 숲이 조금씩
빛에 물들어 가는 것을 보았네

마치 선잠에서 깨어난 듯
마른 바람에 휘청거리는 나무들은

속살 물오르는 소리에 흠칫 놀라며
봄날을 예감하겠지

바람의 흔적을 따라 흩어진 추억을 다시 모아서
푸르게 살아가겠지

이제는 물방울 맑은 숲
그 노래를 들어야 할 시간

잠에서 깨어난 오늘 아침이란 하루
행복하시길요

스산한 계절

까치밥으로 남겨 놓은 대봉감이
마지막 떨어지는 잎과 인사를 나누었다

나뭇가지 사이로 바람은 휘황하다
홀로 남겨진다는 건 생의 방어막을 치는일이다

갈 길 잃어 머물 곳 그 어디랴
잡새들이 날아드니 대봉감은 좋은 먹이감

초겨울 찬 바람이 먼지 회오리를 일으키고
걸어온 뒤안길은 축축한 미련이 따라온다

늦가을은 또 그렇게 알싸한 감정을
초겨울 감정을 건드릴 때

냉철한 바람은 계절을 만든다
역사의 한 획이 또 그렇게 쓰여가고

저녁 노을을 마중하는 하루
축 쳐진 어깨에 스산한 바람이 불어온다

내일의 희망으로…

슬픈 그대 힘을 내요

넌 그저
얼핏 바라보는 시선에
불과했을지라도

난
흔들리는 몸집에서 흘러나오는
힘없는 목소리에
고뇌를
열망을
체념을 읽어내고 말았어

연민보다 진한 파동이 가슴을
흔들며
정작 나는
너보다 더 슬퍼졌어

흩날리는 눈꽃은 흰나비가 되고
차가운 바람은 멜로디가 되어
그토록 찬란한 눈물의 파티가
될 줄이야

너에게서 다시

하얀 햇살을 보며
겨울 속의 봄날을 느끼고 싶어

더 큰 열정으로 거듭난
너의 목소리
이 밤 가고나면 다시 들을 수
있겠지

소녀의 수기에서…

슬픈 노래

가을과 겨울 사이는
모두 비워 내는 계절이다
산도 숲도 허허로이 가벼워진다

지나온 시간의 무게를 회고하며
행간의 화구에 태우는 표독한 언어
서정의 옷 벗고 순리를 지키는 나목

햇살 눈부신 양지 녘에 풀잎 하나
함초롬히 너른 들녘에 생을 찬미하고
호호 손 넣던 호주머니는 어디로 갔나

열정을 잃어버린 저체온증 사회의 현실
매서운 바람에 비껴앉은 그리움으로
두 개의 사랑이 바라만 보다 얼어버렸다

다 내주고 떠나는 색 바랜 애증의 귀로
삶의 노래 속의 사는 법을 배워야
이 겨울 살아남을 수 있다

시간

사람은 언제나
시간을 쫓아가기 바쁜데도
늘 시간보다 느리다
그래서 시간은
무심하게 흘러간다

사람은 결코
시간의 얼굴을 볼 수가 없어
시간의 등 뒤에서 죽는다
사람이 멈출 때
시간은 한 발 앞에서 멈춘다

시간은
사람마다 다르게 지나간다
시간에 따라 낡고
시간에 따라 풍화하며
촛불처럼 꺼진다

자연의 법칙에 순응하는
나약한 인생이기에

시간을 곱게 살리라

기억하리라 시간의 향기로운 맛을
옅어지는 연기 같은 시간을
순간순간 포착하면서

모진 비바람도 이겨내리라
내가 나를 사랑하며
미소 짓는 얼굴로 마음의
문을 열고 도약하리라

싱싱한 청포도처럼 언제
어디서나 인맥을 엮어
푸른 창공을 날으며 하늘에
닿을 듯이
꿈과 희망 속으로 걸어가리라

애달픈 사랑

달빛에 젖은 이슬비가 소리 없이 내리는 밤
찾을 길 없는 사람을 찾아 헤매고
애달픈 사랑은 비와 달의 낙엽에 젖어
흐느껴 울며 애원하듯
서성이고

아픔은 안개처럼 피어오르고
이슬에 젖은 그리움은 아련한 영상을 찾아
추억 속 여행을 떠난다

마음 속 솟구쳐오는 사랑의 순간들
타는 사무침으로 수렁에 빠져 방황했던
칼날 같은 지난날의 아픔들

영원히 만날 수 없는 사람처럼 되어
그대 차라리 밤하늘의 별이라도 되었다면
내 소식 전할 수 있었을텐데

같은 하늘 아래 있어도 안부조차 알 수 없는
스쳐 지나는 모습조차 볼 수 없는
아쉬운 시간들
인연인데도 차마 내밀 수 없는

슬픈 사연

영화 같은 우연은 현실에선 없었다

실체 없는 그리움만
낙엽 되어 가슴을 덮고
달빛 젖은 이슬처럼 슬픈 사랑이
아련하게 하늘의 달로 떠서
그대를 찾는다

야생의 찬가

폼생폼사 말고
얘들만 모여라
겉만 멀쩡한 온실 속 화초들은 말고
들판의 피어난 아이들만

별난 것들은 서로 잘난척하며
구구절절 제 자랑에 지쳐 꺾어질때
산과 들에 자리 잡은 우리들은
서로 서로 힘을 모아 이름 없는
꽃으로 피어나길

누군가 제초제 뿌려대더라도
어떻게든 살아남아
다시 싹 틔우고 꽃 피워보자

눈길 없고 손길 없어도
우리끼리 피어나자
햇살이 안아주고
노을이 손짓하는
이 땅은 처음 가꾼 우리가 주인이다

우리를 잡초라 부를지 모르지만

달맞이 꽃 피는 달밤이 오면
삶의 노래 힘껏 부를거다

곱게 자란 귀한 것들은 말고
욕심 없고 남 의식하지 않고
구름과 바람을 벗 삼아 변함없이
살아가는 들꽃이라면…

어느 날

까닭 없이 눈물이 나던
햇살이 눈부신 오후에

당신에게 달려가고픈 그 시간을
참아내려 발목을 꼭 잡고 있었다

장미꽃 오월도 그랬을 거다
그리움의 몽환 약을 내게 먹였던 거다

희미한 흙 냄새가
코 끝을 간지르고 연두빛 풀 내음이
바람을 타고오는 이른 봄날의 오후

까닭 없이 눈물이 난다

천지에 피어나는 그리움이
내 눈물을 받아
꽃이 되고 새 순이 되고

까닭 없이 눈물이 나는 내 그리움의
오후를 편지에 담아
빨간 우체통에 넣고 돌아선다

어릴적 꿈

세월의 길 따라 바람과 구름 따라
꿈과 소망 희망을 잡고

뭍으로 나온 소년의 기상
아름아름 옛 추억 물길은 그대로네

먼 산 바위 중턱에는 희뿌연 해무 거치고
요동치는 인생사 꿈처럼 흘러가고
나 다시 왔는데
내 머리에는 흰 눈이 서려있네

빛처럼 고운 산마루 해는
서산으로 기울고
나 홀로 가노라
이 풍진 세상살이
소년의 꿈 다시 타오를까
추억만이 아른한데

어릴 적 내 친구들 지금은 어디에서
무엇을 하고 있을까

어여 가세요

여름이여 화가 풀리셨나요
독하고 진하던 향기 사라지고
가을 향기가 가까워지는걸 보면

뜨겁게 달아오르며 머리끝에서
발끝까지 가누지 못한
지독한 너의 사랑의 절정은 지나가고

무르 익어가는 달콤한 과일의
꿀맛 같은 사랑의 유혹
가을이 시작인 듯

신선한 바람이 내 몸을 영혼까지
스치우며 교감하는 훈훈한 사랑의
결실은 익어가고 있음이라

상행선 간이역에선 눈길이 멈추고
하행선 간이역에서 마음이 머물고

기차가 멈추는 곳이 종점인 줄
알았더니
그녀가 내리는 곳이 종점이더라

구름도 바람 없이는 갈 수 없듯이
산야 능선을 지나는
구름마저
떠나는 너 여름이를
보노라니

오늘따라 외롭게 보이는 건
무슨 사연인지 모를 수밖에

어젯밤 꿈속에 봄

꿈을 꾸고 있다
몽환적 사고가
무릉도원 넘나들고

연산홍 철쭉꽃 곱게
단장한 여인 같고

청명의 녹푸른 산
신선이 되어 날고 싶어라

꽃은 피고 지고 깊은
산속 뻐꾸기 님 그리워 울고

산야에 구름 타고
피어나는 철쭉은 미소를 짓고

햇님을
기다리고 지나가던
사월의 바람도
오월 님 찾아 님 찾아
헤매는 사이

세월의 사계만
녹음이 짙어져만 가네

억새

바람뿐이구나
너에게
있어
쓸쓸함을
말하는 건

빛나는
순간들도 너에겐 있었지

먼
길을
돌아오는
창백한 길가에서

네 볼을 부비던
석양이
진다

여적

여적 사랑이 남아 있다면
여적 마음에
사랑이 남아 있다면
나로 먼저 그 사랑
알아보게 하여 주소서

여적 내 안에
사랑이 남아 있다면
온 숨을 다해 날마다
사랑하게 하여 주소서

행여라도 그 사랑
그냥 스치지 않도록
소리 내어 몽매한
나로 알게 하소서

여적 사랑할 심장이
남아 있다면
온전히 그 사랑으로
박동하게 하소서

여적 값지 못한 내 사랑을

아낌없이 사랑하게 하소서

여적 사랑이 남아 있다면
여적 내 생이 남아 있다면

여정

세월아 너는
어디서 왔다가 어디로 가는지
알 수 없는 길을 왜 이리도 재촉하느냐

가도 가도 끝이 없는 길
바람 따라 구름 따라 유유히
흘러 흘러가련만

너를 따라 갈려니 빛 바랜 상처
이 몸 하나 성한 곳이 없구나
수많은 사람들과 부딪히며 살아야 했던
지난날의 여정이 아쉽고

내 것도 없는 잠시 빌렸다 쓰고 가는 것을
욕망으로 가득 찬 아까운 청춘을 보내야했는지
이제서야 돌이켜본다

하늘을 보고 구름을 보며
자유롭게
천천히 쉬었다 가고 싶은데
너는 벌써 저만치 가는구나

여행

출발하고
길을 떠나는 그 순간
내 마음은 열린 창문처럼
시원한 바람에 부풀어 오른다

떠날 때마다 행복
번호표를 받고
저 멀리 펼쳐진 그곳에

내가 꿈꾸던 세상이
이번 여행길에 펼쳐져 있겠지
회상하며

권태와 지루함에 물들어
실망스러운 일상을 벗어던지고
여행은 나를 살아있게 만든다

사랑하는 사람과 새로운
문화를 만나 내 안의 모험가가
깨어나는 것 같다

길 위에 내 발자국은

지나온 기억들의 흔적이 되고
그 흔적은 나를 또 다른 길로 이끈다

여행은 내 인생의 한 장면
내 기억 속 남아있는
작은 행복들을 만들어갈 때

또 다른 미지의 세계에서
나를 훈계하는
내 인생의 가장 가르침이고
행복이다

연가

노을에게 부탁하여
금가루 뿌리고

달님을 졸라서
은가루 깔아놓고

봄의 여왕에게 읊조려서
꽃주단 펼쳤으니

사뿐사뿐 즈려밟고
오소서 님이여

연꽃 사랑

조용히 비가 내리네요
연꽃 여인의 행복한
눈물인가요

눈썹 사이
잔잔하게 매달린 사랑의 태
만큼만 보고 싶은 마음의 비

이미 사랑한 만큼보다
더 많아진 사랑의 태 아실련지요
그 애틋한 믿음이 비에 씻겨나는
고통이 사랑이란 것을

붉은 밤이
까맣게 변하다가 때가 되면
새벽이 온다는 것을

인연 앞에 만들어진 티 하나 없는
사랑이 진지하게 아프다는 것을
하이얀 연꽃이 말해줄까요

사랑비에 적어

녹색의 물이 주르르 흘러
하이얀 내몸을 씻겨 내릴 듯
푸름이 무성한 유월의 사랑
그 이름은 연꽃여인

이 밤이 지새고 나면
하얀 미소 도화지에
녹색 물감 고이 접어

연꽃사랑의 아름다운 시
사랑의 노래 육월의 노래가
빗방울 되어 흘러 가리니…

연꽃의 수행과 고행

진흙 펄 깊이에 발목을 묻고
먼 명산의 큰 절 처마 끝에 매달려
만 생명의 108번뇌 삭히는 풍경소리

간간이 뜨겁게 지나가는 바람에
큰 호흡 하며 묵언에 드노니
작은 상처 싸안고 찾아드는 중생들

나와 그대 우리 모두의 업장은
나날이 두터워지고
눈 질끈 감고 휘파람만 부는데

무슨 업장으로 깊디깊은 진흙 속에
향기마저 묻어 놓고
오가는 발길에 눈물만 흘리는가

그대의 눈물이 수행인 듯 고뇌이고
뿌리가 고행을 걷는다면 급기야는
만 생명의 스승이 되어오소서

내 마음의 꿈이 되어 그림이 되든
내 마음의 희망이 되어 소설이 되든
내 마음의 시가 되든…

연서

회색 하늘 뒤에 숨어
답답한 바람
벼랑 끝에 매달려
신음하는데

긴 밤 풀어 놓은 사연은
그리움 읽어 내릴
사이도 없이
애틋함만
서성거리고 있구나

오늘

밝아오는 게
빛으로 화답하고

땅벌레들 기지개로
흙들이 춤을 추는

새벽이 좋아라
나야 늙어 가지만

나뭇잎은 푸르는
구월 사랑이 오시었다

단풍이 오는 물드는 시월이
그리도 그립더라

저 산 넘어
걸어오는 너를 생각하며

용서와 화해

복잡한 이 세상에
균형이라는 것이 존재한다면

용서를 구하지 않더라도
서로를 용서하는 것입니다

자존심 때문이든 두려움 때문이든
용서가 없는 세상에서는

내 옆에 가장 소중한 사람을
잃게 만들 수 있습니다

내가 먼저 미안한 마음을 갖는다면
그것이 바다와 같은 용서이고

달과 태양이 서로를 끌어당겨
밀물과 썰물로 만나 화해하는 갯벌은
자연이 선사한 미덕이고 삶의 균형입니다

승리자가 걷는 숲길에는 언제나
미안하리만치 키가 낮은 풀꽃이 피어있습니다

행복을 위해서 내가 먼저…

위대한 삶

그대의 눈빛을 보면 왠지 슬퍼집니다
발자국을 보면 왠지 외로워집니다
뒷모습을 보면 왠지 쓸쓸해집니다

그래서 나는 슬픈 시를 쓰고
외로운 노래 부르고
쓸쓸한 숲에 삽니다

슬픈 시를 쓰다 보면 슬픈 사람들을 만납니다
그들은 남들이 슬플 때 같이 슬퍼해줍니다

외로운 노래를 부르다 보면 외로운 사람들을 만납니다
그들은 남들이 외로울 때 같이 외로워 줍니다

쓸쓸한 숲에 살다 보면 쓸쓸한 사람들을 만납니다
그들은 남들이 쓸쓸할 때 같이 쓸쓸해줍니다

산다는 것은 끝도 없이 슬픈 일입니다
억장이 무너지도록 외롭고
가슴에 멍이 들도록 쓸쓸한 일입니다
살기 위하여 어쩔 수 없이 상처 주고
살아남기 위하여 본의 아니게 가슴 아프게 해야 합니다

슬퍼도 땀이 흥건하도록 사는 인간은 위대합니다
외로워도 가슴이 메도록 부르는 노래는 위대합니다
쓸쓸해도 허리가 휘어지도록 가꾸는
나의 인생길은 위대합니다

그대의 위대한 눈빛을 보며 시 한 수를 읽어도…

은빛 금빛 춤사위

파란 메밀밭의 흐드러지게 핀
바람의 음률에 흔들대는
꽃의 잔잔한 춤사위

수평선 저 위에서
가시발린 햇살이 보드레하게
감겨올 때
하얗게 반짝거리는 그를 만나게 된다

잔물결에 은빛 금빛으로 노닐다
불그레한 양탄자 길로
술에 취한 석양이
어둠에 몸 뉘기 시작하면

거먕빛 노을로 또 다른 하제
돋을 볕의 기약이다

이 가을에

마음을 내려놓고
바람으로 속을 채워
후련하고 가벼워 지려
발걸음을 옮겼던 때가
엊그제 같은데

지나온 숱한 가을은 살기 위해
치열하게 바쁘게 살았고
낙엽보다 먼저 탈색이 되어 바짝 말라 바스라지도록
진심 하나로 열심히 살았다

같은 햇살이래도
오늘의 볕은
봄에 비해 정직한 좋은 느낌을 주고
선선한 갈바람이 때마다 좋았고

겨울의 것은 싸늘하여
약속 못할 희망을
겨우 짐작케 할 정도이기에
오늘 가을볕은 내게 사랑받기에
충분했다

초록은 싸늘한 바람에 흔들리고
산둥성이 길의 좌측과 우측은
억새갈대부터 눕기 시작했고
하늘은 구름만 조금 있을 뿐
그 외에는 모두 파랗다

가을은 떠나는 게 아니듯
나 또한 억지로 무언가를
찾지는 않을 것이다

버리지 않고 모아 가져온
잃었던 마음의 파편을 한적한 곳에서
차근차근 맞추어 볼거고

나로 인해
세상이 불편하거나
탁해지지는 않았는지
최대한 풀어내어 드러내며
지나온 가을의 삶의 화해와 용서로
잘못한 게 있는지를 생각에…

이렇게 살게 해주소서

잃어버린 것들에 애달파하지 아니하며
살아있는 일에 탐욕하지 아니하며

나의 마음을 배려와 이해로서
내 안에 살아있는
오늘이 되게 하소서

가난해도 비굴하지 아니하며
부유해도 오만하지 아니하며

모두가 나를 떠나도
외로워하지 아니하며

가장 소중한 나의 건강만이
지는 노을 앞에 당대하리니

우리 함께 살아있음에
즐겁고 웃음 잃지 않는
미소 속에 살아가길⋯

인생도 사랑도

사랑도 인생도 흐르는 물에도
씻겨가지 않고
뿌리를 내립니다

글을 쓰는 모든 시인들도
사랑과 인생이라는 단어로
수많은 시를 쓰듯이

하루라는 속어 속에
지치고 힘든 날이 오거든
사랑이라는 낱말 하나로
길을 찾아가면 어떨까요

시인들의 시처럼
길이 환하게 열릴 것입니다

사랑은 마음속에
저울 하나

인생도 가슴속에
저울 하나 두 마음이 한 마음이
될 때 수평을 이루듯이

한쪽으로 눈금이 기울어지면

기울어지는 눈금만큼

마음을 주고받으며
저울의 수평을 지키는 것입니다

우리가 살아가는 세상속에도
꽃처럼 고운 날도 있지만
두 마음이 하나된 눈빛으로
밝혀야 될 그늘도 참 많은 것
같습니다

우리네 인생 삶 속에서도
배려와 이해 속에 사랑이
넘실거릴 때

만물을 바라보는 눈빛도
폭죽처럼 눈부시겠고
별이 보이지 않는 날도
스스로 별이 될 수도 있을것 같고

하늘에서 떨어지는
빗방울처럼 아득해질 때
우리가 먼저
그 빗방울이 스며들 수 있는
마른 땅이 된다면

사랑도 인생도 흐르는 물에…

인생도 하루살이

하루를 살자고 숱한 힘겨움으로
참고 견디며 지내왔을 하루살이

그만하면 됐다
너도 하룻 동안 살아가는 세상의
주인이니 되었다

하루를 살아도
손해 볼 것이 없지 않느냐

한 세상 살아서 힘겨움에
눈물 흘리는
내 어머님의 슬픈 눈물처럼
보이지 않을 괴로움을

너는
가져갈 수 없는 무거운 짐에
미련을 두지 말고
빈 몸으로 와서 빈 몸으로
머물다 떠나가는 아침 이슬처럼
흔적만 남겨두고 가거라

무거운 것들 털어 버리고
무엇이 아까워
힘겹게 이고 지고
안고 원을 그리며
날며 있느냐

빈손으로 왔다
빈손으로 가는 흰나비가 되어
하루라는 오늘의 감사함으로
살다 가라

인생의 사랑이란

사람이 사람을 사랑한다는 건
그리고 그 사랑을 다 안다는 건
그리 쉬운 일이 아닙니다

한때는 연애 감정이
사랑의 전부인 줄 알았습니다
한때는 약자에 대한 배려심이
사랑의 전부인 줄 알았습니다

그러나 사랑은 그게 전부가 아니었음을
이제사 어슴푸리 깨달았습니다

사랑의 정의는 도무지 사람을 바보로
만들 정도로 어렵기만 합니다

육십이 훌쩍 지난 이 나이에 이제 겨우
사랑하는 법을 배우려 시작합니다

일생토록 온전한 사랑 한번 할 수 있을까 하는
조바심마저 생겨납니다

온전한 사랑을 한다는 것은 그리 쉽게

말할 수 있는 것이 아니라고 봅니다

물론 머리와 입으로 하는 사랑의 표현도
소중하지 않은 건 아니지만
그래도 온전한 사랑은

몸소 몸과 마음을 다 바쳐
실천하는 경험에서 우러 나오는
그런 사랑이 온전한 참사랑이 아닌가 합니다

머리 따로 입 따로 가슴 따로 노는
그런 사랑이…

인연 중 최고인걸

누구
바로 너
지금까지 살아온 동안 수많은
인연 중 최고였어

나는 오늘도 너뿐이야 낱말에
밑줄을 넣고

너라는 이름 앞에
다정다감이 있어서

소슬바람에도 풀잎 같은
부드러움이 있어서

진실과 진심이 가득 담겨 있어서
쉬어가도록 넓은 가슴을 열어주어서

누구를 막론하고 차별이 없어서
인격과 품격으로 배려하는 마음이
늘 풍부하여서

그래서
나는 너를 수집했고 너에게 온전히
물들어 버렸어

자연의 순리

꽃은 피었다 지면서도
눈물을 흘리지 않고
슬퍼하지도 않는다
다만 나를 예쁘게
바라봐 주는 것에
기뻐하고 행복할 뿐이다

아무리 사랑을 해도
불탄 흔적이 없고
한 줌 재도 없지만
마음속엔 검게 탄
흔적만 쌓여
그리움 보고픔으로
한켠에 남아있을 뿐이다

들꽃은
비바람에 휘둘리고 매몰아쳐도
아파하거나 슬퍼하거나
누구를 원망도 할 줄 모르며
뜨는 해 지는 노을빛에 따라
아름답게 피고 지는 법을
배울 뿐이다

잠을 청한다

노을 속에 군불 지펴놓고
햇살 부서지듯 빛이 떠나갈 때
어제 남았던 불씨
별이 되어 창문을 노크하며 부르는 순간
달의 그림자의
님의 얼굴 눈부시게
보이는 건
혼자 걷는 삶의 길에
손잡아 주는 인연
내 빈 마음 아궁이에
님의 사랑 한 줌 별빛으로
군불 지펴놓듯
이 밤도
따스함에 지긋이 눈을 감고
잠을 청한다

저 산 넘어 해가 떨어지면

저 산 넘어 해가 떨어지면
붉던 해는 꺼져버려

하늘의 문은 닫히고
길 잃지 말라고 하나 둘
별빛 가로등 불 밝히고

작은 별빛 하나 구름에 가린
달님과 밤새 소근소근
수다 떨다

어제와 같은
여명이 환하게 웃으며
아침을 열어주네요

준비물

좋은 일
좋은 사람
행복이 넘치고
긍정적이고
진실한 사람
인격과 품격
언행까지도 풍부한 사람

그런 사람과
좋은 삶을 만나려면
간단한 준비물이 있다

건강한 나
모든 일상의 일들을
거짓 없이 수다쟁이로
마음의 문을 열고
웃음을 퍼올리는
좋은 나를
준비물로 준비하면 된다

중년에서 노년으로 가는 열차

한발 두발
걷다 보니 여기까지 왔는데
뒤돌아보면
미련도 후회도
외로움도 그리움도
모두 상상의 그림자만 남아있네요

어쩌다가 마음속에 들어와
장미의 가시처럼
상처만 남아 여기저기
멀리 떨어져 있는 사람들

중년에서 노년으로 가는
인생열차 안에
좋은 인연으로 가는 세월
찾아 떠나네요

방랑자 되어
인생열차 타고 가는 여행
간이역에서 잠시 멈추어봅니다

중년의 낙엽

아스팔트 도로 위에
차들이 휩쓸고 지나가면
태풍이 지나간 것처럼 난리다
살아서 화려했던

그 몸뚱이들이 현실을 벗고
체면도 형식도 없이
뒹굴고 있다
가을의 결정체처럼
타올랐다 스러지는 짚단 불처럼
중년의 몸부림 같아 아쉽기도 하다

푸른 시절의
불타는 젊음을 말하는 것처럼
떨어져 날리고 밟혀서라도
존재의 의미를 표하는데

어떤 바람이라도
그 속에서도 중년의 낙엽으로
나는 날리고 달리고 싶다

지난 날들의 추억

두근두근 가슴의 떨림
이 나이에 잊고 살아가던 가슴의 소리

누군가 살포시 두고 간
지난 추억 속 설레임에
난 살아 있음을 느껴본다

흘러가는 시간 속에 잊게 되는
한때 소중했던 감정들의 기분 좋음을

중년에서 노년으로 가는 길목에
인격과 품격과 사랑으로

현실과 시대가 우리를 배신하고
외면할지라도
어둠 속에서도 빛나는 촛불이 되어

행복한 하루가 되는 날
그날이 오늘이길
다시 한번 느껴본다

지난날의 추억을 회상하며…

지친 몸

집 나서고 해 저물면
외롭지 않은 사람 어디있겠나

철들고 길에서 눈비 맞으면
작은 새 비비대는 집 생각에
반쪽 뚝 떼어진 가슴
잔술로 뎁히고

날아가는 새 한 마리보다
못한 저녁
동그란 잔 속에
가슴 한쪽 들이키다

지친 몸
홑이불에 기대어 달랜다

진정한 여행

가장 훌륭한 시는 아직 쓰이지 않았다
가장 아름다운 노래는 아직 불려지지 않았다
최고의 날들은 아직 살지 않은 날들
가장 넓은 바다는 아직 항해되지 않았고
가장 먼 여행은 아직 끝나지 않았다
불멸의 춤은 아직 추어지지 않았다
가장 빛나는 별은 아직 발견되지 않은 별
무엇을 해야 할지 더 이상 알 수 없을 때
그때 비로소 진정한 무엇인가를 할 수 있다
어느 길로 가야 할지 더 이상 알 수 없을 때
그때가 비로소 진정한 여행의 시작이다

참 좋은 사람

당신이 좋은 건
조건이 없기 때문입니다
그래서
나와 네가 될 수 있는 사이

세월이 흘러 흘러
머리 위 하얗게 물든다 해도
오랫동안 변함없이
있는 그대로가
소중하기 때문입니다

서로 배려하고 독려하고
용기와 희망으로
서로 공유하고 공존하며

존중하며 살 수 있기에
참 좋은 당신을 향한
순수한 마음을 하얀
구름 위에 ♡ 실려 보냅니다

가슴 벅차도록
사랑의 노래를 부를 수 있어
행복합니다

축복

댓가 없이 주어진 삶을 예쁜 축복으로 바꾸어
모두에게 나누어 주는 인생이고 싶어라

누군가 살며시 건네주는 사랑으로 듬뿍 받은 축복이
민들레꽃으로 다시 피어나고
홀씨가 되어 바람 따라 날아갔어라

하얀 눈 되어 하늘에서 끝없이 내려와 수북히 쌓이는 축복은
마음의 복이 되어 녹아갈 때마다 가슴을 적시고

배려와 이해를 담고 같은 방향으로 걸어가며
그대가 건네주는 훈훈한 사랑이 축복인걸
비 적시고 난 후 알게 되더라 행복이 축복인걸

축제

인생을 미안해하고
이해하려 해서는 안 된다
인생은 태어날 때부터
축제와 같은 것
하루하루를 그대로
받아들이고
살아나가면 되느니

바람이 불 때 흩어지는 눈꽃잎을 줍는 아이들은
그 눈꽃잎들을 모아둘
생각을 하지 않는다

따사로운 햇빛에
사라진다는 뜻을 아이들도
알고 있기에

그저 그 순간 눈꽃잎을
즐기고 그 순간에
만족하고 흐르는 대로 살면
그것이 바로
나의 인생의 축제인 것이다

춘래불사춘

한 번씩은
시련을 겪고 나면
보상이 기다리고 있듯이
북풍한설 이겨내고 꽃이
온천지에 피고 있다

여기까지 오기가
얼어붙은 몸과 춥고 배고픔
고통을 이겨내며
얼마나 힘들었을까

인간에 수치로 가늠할 수 없는
대자연에 향연이 펼쳐지기까지
바라보는 마음이야

아름답다고 생각할지 몰라도
가슴속에 한처럼 맺혀있는
보고픔과
그리움은
흘러버린 세월 속에
응어리는 체증처럼 걸터앉아

꽃이 피고 있어도
감흥을 일으키지 못하고
이산 저산 온 산을 배회하는
뻐꾸기처럼

밤이 찾아왔어도
멀뚱멀뚱 잠들지 못하고
이 밤을 지키는 파수꾼이 되었으니

아 보고픔 그리움 기다림으로
저 언덕에 아지랑이 꽃 피우고 있는데

언제쯤일까 밀물 되어 파도 되어
내 마음 속으로 언제나 찾아올까…

친구

친구
언제나 네 곁에 있어줄게
언제나 그 자리에

친구는
어제 같고 오늘 같고
내일 같은 것

비타민으로
부르지 않아도 찾아갈게
부르지 않아도 찾아와

우리는 한아름 따스함이 넘치는
친구이니까

언제나 그 자리
언제나 네 곁에 있어줄게

침묵의 밤

깊은 침묵의 밤이 있으니
참 다행이야

최대한 너그러운 마음으로
나를 안아 줄 시간
아무런 변명과 이유도 내려놓은 채
하루의 고단한 허물을 벗어
맑은 밤바람으로 씻기워
편히 눕게 해

길고 긴 밤의 껍데기가
용서와 치유의 시간으로 닳아
어느덧 쇠잔해지고
조금은 엄격한 눈빛으로
고요를 깨우는 아침이 온다면
들풀처럼 초연한 모습이 되어
밝은 새날과 인사하고 싶어

칭찬

지하수가 아무리 많아도
끌어내지 않으면 무용지물
한 바가지 마중물이 필요하다

사람의 능력이 아무리 많아도
쓰지 않으면 무용지물
칭찬이란 마중물이 있어야 한다

칭찬은 잠재력을 끌어내고
없는 능력도 만들어내고
열정과 의욕을 불어넣는다

아픈 사람이 희망이 생기게 하고
좌절한 사람이 용기가 솟아나듯
진심 어린 칭찬은 우리에게
꼭 필요한 삶의 전부이다

커피

숨 가쁘게 정신없이
살아가는 요즘 같은 삶
자신을 잊은 채
누구인지도 모르며
살고있는 삶 속에 스며든
커피 한 잔이

생각할 수 있는 여유에서
꿈도 행복도 생각에서
시작하듯이
몸이 움직일 생각을
하지 않아 무기력할 때
자연스레 찾는
커피 한 잔이

맡은 일을 멋지게 소화하고
좋아하는 일에
상쾌하게 운동도 하고
사람과 친구들 만나고
좋아하는 또
한 잔의 커피와 함께

높은 곳에 가려면
낮은 곳부터 시작해야 하듯
먼 곳을 가려면
가까운 곳부터
시작해야 하고
천 리 길도 한 걸음부터
시작하듯이
워밍업도 필요하고

가끔은
아주 가끔은
온몸에 전율이 올만큼
신선한 충격이
가해졌으면 좋겠다

탄생

아름다운 작품이
완성이 되기까지는
수많은 좌절과 실패를
거듭하며 탄생하게 된다

우리의 인생도 어려서
부모로부터
가정교육을 비롯하여
수많은 교육을 받으면서
인격이 형성되어 가고

가을에 추수를 하기 까지는
봄에 씨앗을 뿌리고 햇볕과
비바람과 가뭄과 온갖
고난을 겪으면서 자라고
익어가듯

세상에 그 무엇도
순탄하지 않은 피할수 없는
외로운 싸움의 여정에서
작품이 완성되듯

그러므로 실패도 성공도
없는 탄생일 뿐이다

파도의 슬픔

무엇이 그리 그리워
쉼도 포기도 없이
돌아치는 파도가

나는
그 파도가
지독한 그리움인 것만 같네

쉬지 않고 힘차게 용기내어
육지로 달려봐도
절대 닿지 못하는 파도가 가여워

닿지 않는 그 맘
전해 주려 해풍이 불어
파도가 닿는 곳까지 마중을 나온다

손 내밀어도 잡을 수 없었던
그리움도

요란하게 부딪히는
애꿎은 모난 돌만
닳고 닳았네

지친 마음
다시 바다로
돌아가는 파도에게

바람에 눈물 훔쳐
네 그리움 전해졌을까

여전히 돌아치는 파도는
오늘도 쉼도 포기도 없이
그리움의 끝에 닿으려고 애쓴다

오르지도 못하는 육지를 계속 돌아치는 파도 앞에서
나는 누구를 무엇을
감히 그리워한다고 말할 수 있을까

편지

너에게 편지를 쓰면서
아직 내 속에 황홀한 바구니 꽃

바람이 휑하니 안방 창문 밖에서
그대 오로지 네 음성으로 들리는데

가만히 풀밭에 누워
하나둘씩 떨어져 몇 번의 계절을 건넌 낙엽을 보면서
세월의 강을 저어가니

나는 알고 있다
너를 사계절 바람 속에서
웃고 있을 세월을
이렇게 내 속의 소녀에게 글을 쓴다

하염없이 뭉클거리는 설렘으로
널 위해 한 줌의 호흡으로 남아도
멈출 수 없는 사랑의 글을

환하게 피어 다시 시들어가는 삶 속에서
바람의 계절이 뒤바뀌고
속절없이 피는 들꽃 속에

연분홍 코스모스 엷게 엉키어
소리 내어 들려주는

낙엽을 스치는 바람소리가
나의 편지려니

소박하고 순박한 연인
나의 흔들림 없는 이 세상에서 꽃다운 꽃으로 피어나는
네 예쁜 숨소리를 듣는다

네 푸른 발걸음이
조용히 풀밭 위에서 뛰어노는 환호성까지

인생 반백년을 지나
시간이라는 경계를 넘어
엊그저께 같은 한 소녀에게
빗소리 들으며 편지를 쓴다

하나라는 단어

오늘은 누구와 좋은 인연을 맺었나요
악연이 아니라고 생각하신다면
인생의 절반은
성공한 셈입니다

남은 절반은 다정다감하게
살아가면서 가꾸어 가세요

이 세상에 처음부터 100%
완전한 인연은 없으니까요

한 번 맺어진 인연은 서로를
있는 힘껏 끌어 안으시길요

왜냐고요?
자신 혼자 안고 가는 인연은
자칫 아집과 집착 그리고
독선으로 흐르기 쉬우니까요

눈이 멀어지면 마음의 간격도
멀어진다는 말이 있습니다
이성 간의 인연도 그렇습니다

순수한 마음으로 소통의 창을
활짝 열어 기쁜 인연 만드세요

서로를 바라보는 사이 인연의
향기는 더욱 짙어갈 테니까요

상대방을 바라보고 끊임없이
사랑의 눈빛을 나눠보십시오
건강의 디딤돌이니까요

그가 내 안으로 들어오는 것이
아니라 내가 나 자신를 버리고
그 사람 안으로 들어가는 것

그것이 바로 하나가 되어가는
인연이라 하네요

하루

당신의 이름을
새길 수 있는
하루라는 나무에게
이름을 새겨놓으면
어떨까요
돌보다는 한결 좋을 듯 해요
돌은 자라지 않지만
당신이 새겨놓은 하루라는
나무는
이름도 행복하게 잘 자라서 순수한 영혼의 화음
삶의 진리로
솟아오르는 희망이
되지 않을까 해서요

하루를 열어주는 너라는 시

고운 바람 타고
하루를 알려주는
오늘 너의 글은
잠시 쉬어가는 간이역

지난날의 상처
속앓이의 세월도
붉고 아름다운 사랑과
행복으로 채우고 비우고
반복의 시간 속에

너가 보여준 삶의 무게만큼
깊어지는 아름다운 시 한 편이
나에게도 가슴으로 느껴지는 마음으로

난 너의 시를 더듬어본다

하얀 눈꽃 송이

한 송이 눈꽃으로
하루를 신청합니다
아름다운 하얀 눈꽃 송이 바람에 적시어
활짝 웃는 미소로 님을 바라보라 합니다

느끼세요
저 하늘을 휘날리며 춤추는 눈송이를
포근한 겨울이면 하얀 천사가 되어
지난날의 추억과 기쁨 속에
사랑이 가득히 님의 가슴에 안기는 것을

하얀 하늘에서 눈 내리는 날에
님의 하얀 가슴에
맑디맑은 순수한 사랑의 미소 속에
밝은 웃음은 내 사랑 꽃

이런 세상이 어디에 또 있을까요
사람이 만들 수 없는 자연의 위대함으로
선물해 준 님과의 인연
님의 사랑 꽃에 머무르고 싶네요

우리는 하얀 눈이 펑펑 쏟아지는 날

하얗게 수놓아주는 하늘의 천사이고 싶고
님을 위한 겨울이 주는 행복의 사랑으로

삶의 희망으로 우뚝 선
우리의 한 송이 눈꽃으로
하루 또 하루 살아볼까 합니다

때묻지 않은 하얀 마음
포근히 가슴에 안고
오늘도 긍정의 마음으로
밝은 태양
님과 함께 맞이하며…

하얀 눈

을씨년스럽게
스쳐가는 바람도 버거운데
앙상한 가지마다 하이얀 눈이 내려앉았다

냉정한 세월 앞에
무수히 짓밟힌 인생살이도
아무렇지 않은 듯 눈으로 덮어졌으니

차라리 잘됐다
서커스 하듯 가지 위 걸러앉아
번민과 착각이 공생하며 괴롭혔는데

너라도 붙잡고
하소연을 하는 것은 아닐까
그래서 누구라도 눈을 좋아하나 보다

짓궂은 세월의 삶에도
편안히 쉬어가는 안식처럼
잠시라도 힘듦에서 벗어나
고요한 이밤을
함께하고 있음이…

하얀 눈도 물이 되어

세상 그 어떤 더러운 것도
정화시키는 너의 숭고함

모든 생명의 근원이자
없어선 안될 너의 고귀함

낮은 곳으로 흐르며
어떤 그릇에도 담기는
너의 그 겸허함

때로는 비로 눈으로
때로는 투명한 얼음으로

변할 수 있는
너의 그 유연함

너를 닮고 싶다
너처럼 살다 가고 싶다

한 백 년

훨훨 날아라 훨훨
이래도 한세상
저래도 한세상
한 마리 나비가 되어
훨 훨 날아 어디론가

떠나가는 유랑
천년을 살리요
만년을 살리요

어쩌다 내 맘속에 들어와
한세월을 지나오면서
희노애락을 즐기며
죽는 날까지 이 한 몸

잠시 빌려쓰다가 두고 갈 것을
얼기설기 어울려 사는 동안
맺은 인연 가슴에 묻어두고
한세월 살아가세나

함께 이 가을 문턱에

나 이젠
누구와 함께이어도
찬서리 나뭇잎 떨구는
늦가을의 비애를 아는
사람과 함께하고 싶다

나 이젠
그 누구와 함께이어도
내 인생 가을의 길목엔 찬서리가 내린다 해도
고달픔 있는지 없는지 아는
사람과 함께하고 싶다

나 이젠
누구와 함께이어도
서리 맞은 낙엽이 되어 영락의 계절 만나도
흔들림 없이 굳건히 대수롭잖게 여기는
건강한 마음을 가지는
사람과 함께하고 싶다

나 이젠
누구와 함께이어도
낙엽이 썩어져 나무를 이롭게 함 같이

반복되는 일상 속에서도 그 누군가에게
희망과 용기를 주는 밑거름 역할을 하는
그런 사람과 함께하고 싶다

나 이젠
누구와 함께이어도
마지막 한 줌의 흙이 되어서라도
훗날 잘 살았다 고마웠다라는
사랑스런 흔적 남길 수 있는
그 사람과 함께하고 싶다

사랑을 맛나게 나누어 먹을 줄 아는
그런 사람…

해후

하늘과 땅끝에서
애간장 녹고 녹아 푸르름으로
사색이 되어

삼백육십오일 사계 속에
굽이굽이 돌고 돌아
흘러 흘러 강으로 강으로
흘러가는 너를
바라보며 눈물도 말랐으리라

사랑 사랑 애달픈 사랑
그대 보고픔에 일 년을 하루같이
수십 년을 해마다 해마다
너를 기다렸다

오늘 그대를 위해 어느 해보다
뜨거운 눈물
한없이 흘릴 것이니
인연의 내 사랑 받아주오

보고싶고 또 보고 싶었다
그리움 글자를 새기고

말하지 않아도

그대 눈빛에서 읽을 수 있고
이 밤이 지나면 또 헤어지지만
이젠 이별이란 생각은
없을거라 여기며

무심한 세월에 바람처럼
떠도는 생이라도
그대의 사랑으로 견딜 수 있으리니

억겁의 시간이 흘러도
우리의 사랑은
변하지 않으니
행복할 수 밖에

허공

부서지는 빛 은하수 물길 되리
달빛 가슴에 들어와 아리네
어깨에 걸린 무게
이슬 내림이더라

허기진 마음 허공에 묻어 놓으니
아침을 여는 날들 오리
별들이 되어 내려진
지나간 날들에 숨어간
저 하늘 바라보다
그 미소 꿈속이더라

무슨 말이라도 하고 남기려다
뒤돌아서면 지워지고
스산한 거리에 의지한 기억
어한에 미소 짓는 모습 남아있어
어스란 달빛 창에 비추어지는
염원의 기도의 손

은하수 별빛 젖은 저 하늘에
고이 접어 보내리
불빛 희미한 곳 기대앉아

옛 시절 지새우는 오늘

동그런 보름달이 그려내는
하얀 기억 속에
밝아오며 식어갈 때까지
희망 띄우고

그리움이 오면
창가에 그려놓으며
은하수 저편에도
달님 소식 전해 보내리

환생의 길은 없을까

인생 백 년도 못 살면서
얼마나 많은 세월을
지지고 볶으며
아둥바둥 살아왔을까

그 흔적은 수분이
말라버리고 다 갈라진
고목처럼 주름진 얼굴
시들어가는 꽃잎처럼
몸이 말해준다

한때는 우정과 의리로
지내왔던 다정한 지인들도
세월 앞에 지쳐가는
그 모습을 보면서 안타깝지만

어떻게 해줄 수가 없는 현실 앞에
다만 간절한 기도 많이 해줄 뿐이다
저녁 별빛 희미하게 비치는 그 별빛도

낮에는 해가 가리고 구름 가려
제 빛을 잃었어도 늦은 밤 그나마

이러지지 않고 비추이니 얼마나
아름다운지

우리들 인생이여
다시 살 수 없고 환생할 수 없으니
이제 조금 남은 희미한 별빛처럼
빛나고 아름답게 살아갈 수 있다면

환한 낮빛 속에
남은 힘 곱게 다듬어 즐겁고
행복한 시간 잘 가꾸어 가세나

황혼의 사랑

황혼의 끝자락
갈 길을 잃고 헤메이던 그 시절
지나고 횡하니 찬바람 맞고

정작 뿌리 깊은 나무처럼
더 단단하게 깊어졌다

여린 소년 소녀의
싹 피워내 모질지 못한 지난 세월 앞에
붉어질 대로 붉어진 부와
명예를 누리지는 못하였음이

빛 바랜 꿈 꼭꼭 접어
빈 가지마다 걸어 놓고
스스로 바람이 되어
흔들렸던 날들도 돌아보면
행복한 청춘이더라

저 들판 옷 벗은 겨울나무
부끄럽게 외롭다 하나
숨 쉬는 12월의 황혼도
다시 만날 초록잎 회상하며

기약할 수 있을련지

노을진 하늘 아래
붉은 눈시울로
내일을 바라보는 사람들 앞에
서성이는 노년의 인생도

생을 붙잡을 수 있는
뿌리는 어디에도 없음을
한장의 달력 앞에
멍하니 바라만 보다 잠이 든다

회상

발끝에 시간을 두고
정상을 향해 달렸더니
머리끝엔 세월이더라

가슴팍에 와닿는 건
하루하루였는데 마음속에
담기는 건 인생의 노을이오

길 잃어 울었든가
세월 보고 웃었든가
고마운 마음속에 슬픈 마음 물들고
비켜간 그날의 아쉬움은
보이지 않은 그리움일게요

한해가 지나가는 그날
오늘 하루일 거인데
그 또한 지나가고 나 또한
흘러가니 오늘이 인생이라
그것이 세월이라 하더이다

님이시여
걸어온 세월길

주춤 주춤 돌아보니
아스라이 떠오르는
추억하나 더 챙겼으니 더 이상
욕심내지 말고
건강하게 살아가요

사랑도 미움도
그리움도 삼켜버린
선홍빛 노을이여
그리움이 모여서
밝은 달이 되려는가

흔적

새 생명이 싹이 틀 때
세상의 모든 것들은
시들었다 피고 지고를
지나면서 흔적들을 남긴다

바람은
자신이 지난 자리를 나뭇잎 끝자락에 남기고
계곡의 흐르는 물도 강물 되어
자신이 흘러간 흔적들을 조약돌에 새기는데

사람과 사람이 만난 흔적들은
어디에 남을까
사람과 사람이 만난 흔적들은
사진 속 주인공처럼 서로의
가슴속에 추억으로 남는 것이다

설렘과 반가움
감사한 것과 고마운 것
미움과 원망 그리고 사랑
따뜻함과 서운함

속시원히 쏟아놓는 내 자랑과

꼭 감추고픈 나의 허점들

그리고는 그 모든 것들이
먼 훗날의
진한 그리움으로 되살아나는

결국 사람과 사람의 만남
그 흔적은
서로의 가슴에 새겨 남겨지는
그 마음의 그림자

희망을 품고

살아온 길을 돌이켜보면
가리우고 싶었던 순간이 참 많다

오랫동안 붙잡고 싶었던 옷깃을
놓아주어야 할 때도 있었고

힘겹게 정돈된 마음 위에
태풍이 들이닥쳐
또 다시 산산이 부서지기도 하고

책임져야 할 일이 하나둘
늘어만 갈 때
무엇부터 해야 할지 당황하기도 하였고

지금은 아무 것도 손에 잡히지 않지만
그래도 라고 하며
이 하루를 열심히 살아가다 보면

감추고 싶었던 내 작은 삶의 순간들은
그렇게 잘 살아온 순간들로
정리되어 있을 거라고

고된 나날이 지나고 나면
더 좋은 날들이 꼭 맞이해 준다는 걸
알기에 내일을 품는다

탈출하고픈 계절
산과 바다로

희망의 꿈은

나는
이제야 꿈과 희망이

나이와 반비례한다는
사실을 알아가고 있습니다

꿈과 희망이
없는 세상은 세상이 아니지요

또 한 번 하루하루
꿈과 희망을 가져봅니다

객관적인 상식이
무너지는 기적을 꿈꾸는 밤에는

희망으로 피어나는
아름다운 아침을
그대와 함께 만나고 싶어요

발길 닿는 곳마다
모든 이로 하여금
좋은 소식 가득한 행복의 여정 속에…

희망의 해돋이

굽이치는 파도소리 물결소리
등대지기 뒤로하고
동녘 하늘 저 산마루
불쑥 치솟는 붉은 해

삼라만상이 잉태하듯
순간 벅찬 감동에
나도 모르게 두 손 모아
소원을 빌며

마음속으로
붉은 태양을 품었던
온 누리 환히 비춘
광명의 빛

꿈틀대는 빛살 초점하여
숨 고르는 가슴아

천지 번뜩이며
출렁이는 뜨거운 불덩이
저 희망찬 해를 안아라

환희의 해를 품고
사랑하는 모든 이들에게
축복이 함께하는
여명이 밝아오니…